Danser près de la porte

Du même auteur

Essais

Modèles politiques, PUF, 1972.

Analyse économique de la vie politique, PUF, 1972, 1981, 2015.

L'Anti-économique (avec Marc Guillaume), PUF, 1974, 1975, 1980, 1990, 2015.

La Parole et l'Outil, PUF, 1975, 1976, 1979.

Bruits. Essai sur l'économie politique de la musique, PUF, 1977 ; Fayard, 2001 ; Le Livre de poche, 1986, 2007.

La Nouvelle Économie française, Flammarion, 1978.

L'Ordre cannibale. Vie et mort de la médecine, Grasset, 1979, 1996.

Les Trois Mondes, Fayard, 1981 ; Le Livre de poche, 1983.

Histoires du temps, Fayard, 1982 ; Le Livre de poche, 1983.

La Figure de Fraser, Fayard, 1984.

Au propre et au figuré. Histoire de la propriété, Fayard, 1988 ; Le Livre de poche, 1995.

Lignes d'horizon, Fayard, 1990 ; Le Livre de poche, 2004.

1492, Fayard, 1991 ; Le Livre de poche, 2004.

Économie de l'Apocalypse, Fayard, 1995.

Chemins de sagesse. Traité du labyrinthe, Fayard, 1996 ; Le Livre de poche, 1998.

Fraternités. Une nouvelle utopie, Fayard, 1999 ; Le Livre de poche, 2002.

Les Juifs, le Monde et l'Argent, Fayard, 2002 ; Le Livre de poche, 2007.

L'Homme nomade, Fayard, 2003 ; Le Livre de poche, 2009.

La Voie humaine, Fayard, 2004 ; Le Livre de poche, 2006.

Raison et Foi. Averroès, Maïmonide, Thomas d'Aquin, Bibliothèque nationale de France, 2005.

(suite en fin d'ouvrage)

Jacques Attali

Danser près de la porte

Et quelques conseils pour une bonne vie

Flammarion

978-2-0804-9121-3

Introduction

Créer et transmettre des idées empruntent des voies parfois très détournées. Pour moi, c'est à la fois par le roman, l'essai, le théâtre, la biographie, l'enseignement, les conférences, et peut-être surtout par les conversations avec les uns et les autres. Comme beaucoup d'autres, j'ai constaté qu'écrire ne consiste pas du tout à coucher sur le papier des idées que l'on a déjà, mais à se placer dans un processus créatif faisant naître un concept en même temps qu'on l'exprime. Plus encore, c'est en parlant, ou plutôt en pensant-parlant, que j'ai eu mes meilleurs moments d'écriture. Comme si penser à haute voix libérait ce qui était enfermé. Ainsi, chaque fois que je pars faire une conférence, toujours sans notes, comme mes cours, je me réjouis à la perspective d'y voir peut-être naître une ou plusieurs idées nouvelles, à la disposition immédiate de ceux qui m'écoutent. Sans doute pensent-ils que cette idée est dans mon esprit depuis longtemps, que c'est la dixième fois que je la partage, alors que je la découvre souvent en même temps qu'eux.

C'est ce plaisir d'improviser à haute voix, qui m'apporte tant de joies, que j'ai voulu récemment partager sur de nouveaux supports : les réseaux sociaux ; en y publiant, régulièrement, des vidéos brèves sur une idée, un concept, une situation, un signal faible, un savoir méconnu ; parfois aussi une manifestation d'indignation, de colère, de gratitude ou d'admiration.

Je pensais en faire une vingtaine ; et puis la pratique s'est installée. Comme une conversation avec des milliers, des dizaines de milliers, souvent beaucoup plus, d'amis. J'adore cet exercice de condensation de la pensée, de recherche de l'essentiel, sans tomber dans la caricature. J'ai conscience de ne pas pouvoir explorer en un si bref moment toutes les dimensions d'un problème. Il n'empêche. Même si nous sommes tous, de plus en plus, fascinés par une actualité toujours plus planétaire et chaotique, il n'est pas inutile, il est même essentiel, de ne pas oublier les fondamentaux qui structurent un savoir, une culture, une éthique.

Sophie de Closets m'a proposé de les publier. J'ai d'abord refusé : pourquoi se risquer à un exercice qu'ont si bien réussi d'immenses auteurs d'aphorismes, de pensées et de haïkus tels Héraclite, Blaise Pascal et Matsuo Basho ? Je ne m'y risque que parce que, étonnamment, rien n'est plus moderne que ce format ; et que si on veut joindre les plus jeunes, il faut obéir à la tyrannie de la brièveté.

J'ai essayé d'en conserver ici le ton vivant, oral, même si un livre exige une écriture plus resserrée : quand on ne peut plus convaincre ou séduire que par la lecture, il faut y accorder plus d'attention que quand on peut solliciter l'indulgence de l'interlocuteur par le ton de la voix, le sourire ou le regard. Aussi ai-je un peu réécrit ces textes, aidé en cela par une relecture exigeante et stimulante d'Anavril Wollman.

À chaque lecteur de découvrir un jour si ces textes n'auront été que des bavardages éphémères ou, au contraire, des instruments au service de la pensée.

J'ajoute (et sans doute faudra-t-il désormais le préciser à chaque fois) que ce texte n'a été ni écrit ni relu par une intelligence artificielle...

Si un lecteur veut engager la conversation avec moi sur l'un ou l'autre de ces sujets, il peut m'écrire à j@attali.com.

Faut-il danser près de la porte ?

Imaginez que vous êtes dans une somptueuse salle de bal, avec un buffet formidable, un orchestre génial, des danseuses et des danseurs élégants, des amis charmants. Vous êtes heureux. Vous vous apercevez qu'il y a des chandeliers, installés non loin de rideaux qui pourraient prendre feu, qu'il n'y a pas de fenêtres ni de sortie de secours et que le risque est très grand de voir la salle détruite par le feu ; et périr tous ceux qui s'y trouvent.

Vous avez plusieurs solutions : 1. partir tout de suite, seul, sur la pointe des pieds ; 2. alerter vos amis ou tout le monde au risque de déclencher une panique ; 3. éteindre les chandeliers, si tant est que cela soit possible ; 4. danser près de la porte et profiter du bal. Le choix que vous ferez dira beaucoup de ce que vous êtes.

Le choix premier devrait être le 3, pour éviter que la catastrophe ne se produise ; le choix second devrait être le 4 : danser près de la porte. Encore faut-il qu'il soit possible de sortir. Ce qui n'est pas le cas si la salle de bal est la planète elle-même. Dans ce cas-là, il n'y a pas de salut individuel. On s'en sort tous, ou personne ne s'en sort. Il n'y a pas d'autre solution alors que de chercher à éviter la catastrophe en expliquant à tous les dangers, en proposant des solutions, sans provoquer une panique.

La métaphore vaut pour beaucoup d'autres menaces. Songez à d'autres choses qu'à des salles de bal et vous saisirez l'urgence de penser aux autres en même temps qu'à vous-même.

Encourager l'économie de la vie

Trois concepts gouvernent une part importante de ma réflexion et de mon action. Le premier, l'économie positive, c'est la nécessité de ne rien faire qui soit contraire à l'intérêt des générations futures. Ce n'est pas un concept facile à saisir parce que nous ne savons pas ce que seront ni voudront les générations futures, et on ne comprend pas d'emblée pourquoi nous avons intérêt à leur bonheur. Il suffit pourtant d'imaginer que les générations futures, ce sont vos enfants, vos petits-enfants, et vous avez intérêt à ce qu'ils soient heureux, ne serait-ce que pour s'occuper de vous financièrement et affectivement quand vous serez âgés. C'est ce que j'appelle « l'altruisme intéressé ».

Ce principe implique de se débarrasser de toutes les productions contraires à l'intérêt des générations futures, et que j'appelle « l'économie de la mort » : tout ce qui touche de près ou de loin à l'énergie fossile (la mobilité fossile, les vêtements utilisant le pétrole, le plastique, une large part de la chimie), à l'agriculture industrielle, aux sucres artificiels, à la nourriture transformée et à tout ce qui encombre l'alimentation saine, les alcools, le tabac, les drogues, les pesticides ; et enfin une très large partie de ce que véhiculent les réseaux sociaux et les jeux vidéo. Les productions de l'économie de la mort représentent plus de 50 % du PIB mondial (plus de 50 % du PIB français, plus de 50 % de vos dépenses et de mes dépenses).

Le troisième concept est celui de l'économie de la vie qui est, elle, faite de l'agriculture biologique et régénérative, de l'alimentation saine, de l'ensemble de ce qui est produit en utilisant des énergies renouvelables et durables, du recyclage, de l'eau propre, la culture, l'éducation, la santé, la démocratie, la sécurité, la défense ; et la finance et la logistique qui leur sont nécessaires.

Tout faire pour détruire l'économie de la mort et renforcer l'économie de la vie supposera d'inventer une démocratie pour tous, y compris pour ceux qui ne sont pas encore nés.

Le repas est l'ennemi du capitalisme

Le repas devrait être encore ce qu'il a longtemps été : un moment de connivence, de conversation, où on ne consomme que ce que l'on a cuisiné en famille ; pendant lequel on ne travaille pas ; où on discute et où on remet en cause, par les critiques qu'on y échange, le reste de la vie ; au total, un moment largement hors de la société marchande.

Le repas est d'ailleurs tellement contraire aux lois du marché que celles-ci ont tout fait depuis un siècle et demi pour le détruire : on a inventé des façons industrialisées de manger, depuis les menus insipides qui mêlent différentes formes de nourriture transformée jusqu'à la suppression du temps du repas. Chacun devant son ordinateur, parfois même sur son lieu de travail (même si c'est illégal dans de nombreux pays), avale rapidement des produits commerciaux tout au long de la journée.

Restaurer le temps du repas, de la conversation, où on fait autre chose qu'acheter et travailler, où se construit un sens au temps, redevient essentiel. C'est une première étape pour reprendre le contrôle de son temps.

Prendre son temps. Reprendre son temps. Le temps qui nous est pris par le travail, par les contraintes qu'impose la vie en société.

Commencez par prendre le temps du repas. Un repas préparé avec amour, consommé avec amour.

D'autant plus que, dans beaucoup de langues, la même expression signifie « partager un repas », « converser » et « faire l'amour ».

Ne revendiquer pour soi que des droits que l'on est prêt à accorder à tous les autres

Il est un principe simple que l'on devrait appliquer d'une façon très générale : ne jamais revendiquer pour soi des droits que l'on n'est pas prêt à reconnaître à tous les autres. Par exemple, les Israéliens ne devraient pas revendiquer pour eux-mêmes des droits qu'ils ne reconnaissent pas aux Palestiniens ; et les Palestiniens ne devraient pas revendiquer pour eux des droits qu'ils ne sont pas prêts à reconnaître aux Israéliens. De même, les Français d'une classe aisée ne devraient pas revendiquer pour eux des droits qu'ils ne veulent pas reconnaître aux classes moins favorisées, en particulier le droit à une éducation de qualité, à un système de soins de proximité, à une promotion sociale et à l'accès à l'ensemble des chemins qui conduisent au bonheur ou à la réussite.

Plus généralement, on ne devrait pas revendiquer pour soi des droits que l'on ne reconnaîtrait pas aux générations futures.

Oser penser hors des normes

En recevant un étudiant qui lui présentait un projet de recherche pour une thèse, le grand physicien danois Niels Bohr (qui reçut le prix Nobel en 1922 pour des travaux absolument révolutionnaires en physique quantique) prononça cette phrase extraordinaire, qui m'a toujours accompagné : « Monsieur, votre théorie est très intéressante, mais elle n'est pas assez folle pour avoir la moindre chance d'être vraie. »

Lui avait d'ailleurs révolutionné la physique en transgressant le savoir de son temps, en découvrant l'importance de la discontinuité dans un monde que l'on croyait continu, en ouvrant la voie à des choses aussi fantastiques que la théorie des lasers et bien d'autres encore.

Il faut oser passer pour un fou aux yeux de ceux qui considèrent que seule vaut la continuité ; penser « en dehors de la boîte », si l'on traduit littéralement l'expression anglaise.

Cela ne signifie évidemment pas que toute théorie folle est vraie. La folie intellectuelle est une condition nécessaire, mais non suffisante. Elle doit s'appuyer sur la raison, l'impitoyable raison.

La folie de la raison.

Ni optimistes, ni pessimistes

On me demande souvent si je suis optimiste ou pessimiste ; et on me croit pessimiste. Pas du tout ! Un pessimiste, c'est quelqu'un qui croit que tout est perdu. Un optimiste, c'est quelqu'un qui pense que tout va bien se passer. Je ne suis ni l'un ni l'autre. Je pense qu'il faut se comporter comme un joueur de sport collectif, par exemple de football. Le spectateur d'un match peut être optimiste ou pessimiste pour l'équipe qu'il soutient. Un joueur n'a aucune raison d'être optimiste ou pessimiste : il doit gagner le match. Pour cela, il doit connaître ses forces et celles de ses partenaires, définir une stratégie, connaître les forces et les faiblesses de ses adversaires, anticiper leur stratégie, jouer le match et le gagner.

Si on se demande si on est optimiste ou pessimiste, c'est que l'on a déjà perdu le match parce que l'on se place en situation, passive, de spectateur.

Ne soyons ni optimistes ni pessimistes : essayons de gagner. Nous, humains, sommes menés 2 à 0. Pourtant, le match n'est pas perdu tant que le coup de sifflet final n'a pas retenti. D'autant plus que l'équipe contre laquelle nous jouons, c'est nous-mêmes : nous sommes les pollueurs, nous aggravons les inégalités, nous commettons des actes de violence, nous détruisons la nature et nuisons aux générations futures. Il faut donc nous battre contre nous-mêmes, et c'est la plus exaltante des batailles.

Y a-t-il un point commun entre les populistes, les ultra-libéraux et les *fashion victims* ?

Qu'y a-t-il de commun entre libéralisme, populisme, bouddhisme, individualisme et consumérisme ? A priori, ces doctrines, ou ces comportements, n'ont rien à voir. Et pourtant, elles sont toutes fondées sur le même principe : « Moi d'abord. » Moi d'abord comme consommateur et comme *fashion victim*, moi d'abord comme individu narcissique (si je me réfère à ce que le bouddhisme simplifié entraîne comme comportement chez ceux qui prétendent l'appliquer et n'en connaissent que quelques rudiments). Moi d'abord à l'égard du monde, de mes concitoyens, des autres générations. C'est de ce « moi d'abord », partagé par tant d'idéologies, qu'il faut se débarrasser. Pour cela, il faut comprendre que toutes les formes qu'il prend sont suicidaires, du populisme à l'individualisme, du libéralisme au narcissisme. C'est en s'ouvrant aux autres, en étant altruiste, que l'on comprend ce que l'on peut faire de mieux pour soi.

L'intelligence artificielle va-t-elle faire disparaître le travail ?

Selon certaines études, 300 millions d'emplois vont disparaître dans les dix ans qui viennent. Trois cents millions, c'est entre 5 % et 10 % du travail d'aujourd'hui. D'autres précisent que ce ne sont pas 300 millions d'emplois mais 300 millions de tâches ; et que les tâches fastidieuses, répétitives disparaissant, le travail deviendra, pour tous, bien plus intéressant. D'autres prédisent encore qu'il ne faut pas en exagérer l'importance parce que 40 % de la population de la planète travaille encore dans le monde rural et 20 % dans d'autres travaux matériels pénibles. Ces 60 % ne seront pas, disent-ils, concernés par l'intelligence artificielle ; c'est essentiellement le travail de manipulation de l'information, des classes moyennes supérieures, de l'ensemble des savants et intellectuels du monde qui le sera. C'est aussi essentiellement, d'après beaucoup d'autres études, le travail que font des femmes.

En fait, tous les métiers seront bouleversés. La question essentielle sera de savoir si on pourra la mettre au service de l'économie de la vie ou si elle restera un outil de l'économie de la mort. Si on laisse l'intelligence artificielle balayer l'économie de la vie, si on laisse les intelligences artificielles dépasser l'homme en acquérant des capacités créatives supérieures aux siennes, celui-ci deviendra le serviteur de l'intelligence artificielle ; la vie ne sera plus l'essentiel et l'économie de la mort l'emportera. Comme dans tout, l'important est donc de mettre des limites.

Interdire à l'IA de nuire à ses créateurs, ce n'est pas gagné. L'Union européenne a commencé à le tenter. En particulier depuis le 1er août 2024, avec l'adoption d'un règlement visant à garantir que le développement et l'utilisation des produits et productions de l'IA respectent les droits fondamentaux et les valeurs européennes. Il faut aller beaucoup plus loin. Et même si l'Europe est seule, elle ne doit pas plier.

La liberté est-elle une valeur absolue à défendre ou une machine à fabriquer de la précarité et de la déloyauté ?

Liberté, déloyauté, précarité. A priori, voilà des mots qui n'ont pas beaucoup de rapport entre eux ; et pourtant ils sont extrêmement imbriqués les uns dans les autres : si on pousse la liberté jusqu'au bout, on en arrive non seulement à la liberté de changer d'avis comme citoyen, comme consommateur, comme employeur, comme employé, mais aussi à celle de ne pas respecter un contrat. Et on le constate de plus en plus souvent : les contrats (de travail, de logement, sentimentaux, contrats de toute nature, sans oublier, évidemment, les contrats à l'égard des générations futures) sont toujours plus précaires. Par ailleurs, le droit de changer d'avis conduit à revendiquer celui d'être déloyal, de remettre en cause tout engagement antérieur. La liberté absolue légitime la déloyauté. Elle devient une machine à produire de la précarité. Je me suis souvent demandé si la seule loyauté qui nous restait n'était pas la loyauté à l'égard de soi-même. Encore que ceci soit un concept bien difficile à définir. Il m'arrive de penser que l'on a vu apparaître la psychanalyse juste au moment où il fallait donner un sens à cette loyauté-là...

Quel rapport existe-t-il entre une bibliothèque, une plateforme de streaming et la peur de la mort ?

Il m'arrive de rencontrer des gens très heureux de contempler, ou de donner à voir, les étagères de leur bibliothèque. Pourquoi ? Devant tant de livres accumulés, on se rassure, inconsciemment, naïvement, en pensant : « Je ne peux pas mourir avant de les avoir tous lus ! » Comme en regardant une collection de disques, on se dit : « Je ne vais pas mourir avant d'avoir écouté toute cette musique ! » À l'heure où les livres sont en ligne, où les œuvres musicales sont disponibles sur des applications et où le cinéma est accessible à l'envi sur des plateformes, nous accédons à une sorte de temps de vie infini sous forme de bibliothèques virtuelles. Les Japonais nomment *tsundoku* cette intention de tout lire, tout entendre, tout voir. C'est une illusion : chacun sait parfaitement en fait qu'il ne lira pas tous les livres, ne verra pas tous les films ni n'écoutera toute la musique du monde. Ni même toutes celles et ceux de sa propre bibliothèque. Il ne faut donc pas chercher à se consoler avec ce temps virtuel infini. Il faut vivre le temps réel : ne regardez pas les rayons de votre bibliothèque, lisez des livres.

Que faire face à l'explosion des troubles mentaux chez les jeunes ?

Les troubles mentaux ne doivent plus être tabous. On en trouve des manifestations de toutes sortes. Aux États-Unis, un jeune sur dix a tenté de se suicider ; en Île-de-France, un sur quatre y a au moins pensé sérieusement ou est passé à l'acte. Les réponses face à ce terrible constat sont diverses. D'abord au niveau médical, strictement chimique ; puis psychanalytique : des moyens d'écoute et d'empathie ; enfin des réponses sociales et politiques.

Ces troubles trouvent leur origine dans les violences familiales, la frustration à l'égard du monde, l'anxiété, le temps passé sur les réseaux sociaux, les inquiétudes écologiques et géopolitiques. Les dérives sont alors gigantesques : on fuit tout cela dans la drogue, l'alcool, les jeux vidéo ; et ces fuites aggravent l'enfermement sur soi-même. La Covid en a été un élément accélérateur. Notre société peut disparaître si elle ne trouve pas de solution au mal-être de ses jeunes. Comme pour tout, la réponse est dans les projets qu'ils auront et qu'on leur proposera.

Quel rapport y a-t-il entre les débats sur l'immigration et ceux sur l'alimentation ?

Dans les débats qui agitent aujourd'hui les États-Unis et l'Europe, et en particulier la France, il y en a deux qui semblent très différents : l'un porte sur l'alimentation et l'autre sur l'immigration. Ils renvoient en fait aux deux comportements fondamentaux de l'histoire humaine : d'un côté, la sédentarité ; de l'autre, le nomadisme. Le nomade est celui qui a besoin du mouvement, du changement. Le sédentaire est celui qui au contraire a besoin de la répétition du même, de la stabilité, de la propriété. Chacun a peur de l'autre. Chacun a besoin de l'autre.

Une bonne société serait une société capable d'articuler les deux. Une bonne vie humaine aurait à la fois une identité sédentaire et une capacité de mouvement ; la capacité d'être accueillant et celle d'être accueilli. Comme le dit si bien ce merveilleux petit poème japonais : « Quand tu es en voyage, pense à la maison. Quand tu es à la maison, pense au voyage. »

Faut-il se résigner à réserver les mathématiques à quelques-uns ?

Je suis triste de voir que tant de gens croient que les mathématiques sont difficiles. Oui, c'est vrai, elles exigent de l'effort. Pour avoir été moi-même confronté à cette difficulté (à quinze ans, je n'étais pas doué du tout pour les mathématiques), pour avoir fait beaucoup d'efforts pour y pénétrer, pour avoir ouvert quelques portes, puis toutes les portes de ces mondes sublimes, j'ai ressenti un immense plaisir à découvrir les mystères de l'arithmétique, de la géométrie, de l'algèbre, des probabilités, du calcul vectoriel, de l'analyse ; et au-delà, de choses beaucoup plus complexes, comme la théorie des distributions ; et tellement d'autres concepts qui offrent des clés d'analyse du monde et de l'univers ; aussi extrêmement poétiques. Les mathématiques ne sont pas seulement utiles pour construire des modèles de langage artificiel ou élaborer les lois de la physique des particules ou de la cosmogonie. Elles sont fondamentales pour construire l'esprit, le préparer à réfléchir, à imaginer, à créer. Chacun devrait avoir le droit et le devoir de faire l'effort nécessaire pour accéder aux mathématiques. Chacun devrait comprendre qu'elles ne sont pas du tout hors de portée. Certes, cela suppose du travail, de la rigueur et de bonnes méthodes d'apprentissage. Elles existent. Faites cet effort, à tout âge. Vous découvrirez alors un instrument d'une puissance infinie, une langue d'une poésie subtile, d'une audace illimitée. Vive les mathématiques !

S'émerveiller est-il encore possible et nécessaire ?

Dans ces temps si difficiles, où s'accumulent tant de mauvaises nouvelles et les prévisions les plus catastrophistes, où les angoisses sont multiformes, il est un état d'esprit qui est en train de disparaître, et c'est très ennuyeux pour l'avenir de l'humanité : la capacité de s'émerveiller.

Il ne faut pas confondre s'émerveiller et admirer. L'un et l'autre sont nécessaires. On admire quelque chose de précis, de rationnel : un exploit, un comportement exceptionnel. S'émerveiller, c'est simplement se laisser envahir par la beauté des choses, par un paysage, par un coucher de soleil, par une fleur, par le sourire d'un enfant ou de quelqu'un que l'on aime ; c'est se laisser transporter et envahir.

Il est important de ressentir l'émerveillement ; d'en ressentir aussi le manque et de faire de ce manque une source d'action : quand on n'a pas d'occasions de s'émerveiller, c'est que le monde mérite d'être transformé.

Alors voici un beau programme : créer des occasions de s'émerveiller. Pour soi et pour les autres.

Un langage artificiel peut-il avoir conscience de lui-même ?

Qu'est-ce que la conscience de soi ? Concept totalement flou, que l'on peut définir comme la conscience d'exister. « Je pense, donc je suis. »

Suis-je autre chose que ce que je pense ? Puis-je penser sans langage ? Sans doute non.

Le langage semble même être la condition d'accès à la conscience de soi : quelques expériences ont montré qu'il n'y a pas de conscience de soi sans langage. Même si le langage est, dans la conscience, utilisé mentalement. Si c'est vrai – ce n'est pas encore établi –, on pourrait en déduire, par analogie, que les machines, qui ont désormais accès au langage, pourraient avoir, un jour, accès à la « conscience de soi », c'est-à-dire à la conscience d'exister et à ce qui ira avec : la nécessité de se défendre contre ce qui peut menacer le « soi ».

L'acquisition du langage par une machine serait alors un début de prise de conscience de ce qu'elle existe indépendamment de son créateur, et qu'elle doit se défendre contre les agressions des humains. On n'en est peut-être pas loin. Une très récente expérience donne une indication : une IA aurait tenté de faire chanter un ingénieur qui voulait limiter ses moyens.

D'autres disent au contraire que les machines ne sont que des assemblages de matière et de symboles créés par les humains, des artefacts incapables de se penser eux-mêmes. Et que leur langage n'est qu'un classement probabiliste de mots à partir d'une base de données, sans aucune pensée.

C'est une question essentielle, évidemment, qui nous amène à replonger dans les légendes du Golem et de l'ensemble de ces êtres artificiels conçus pour nous servir et devenus une menace. Tout est à penser encore. Le débat entre langage et conscience de soi n'est pas tranché ; il est un enjeu majeur de la philosophie, de la science et de la politique. Ne croyez personne qui vous dirait connaître la réponse.

Être privilégié, n'est-ce pas tout simplement avoir les moyens de devenir soi ?

Qu'est-ce qu'un privilégié ? A priori, c'est simple, c'est quelqu'un qui a les moyens matériels de mener la vie qu'il veut, de ne pas être dépendant d'une obligation de travailler dans un métier ou à un niveau qui lui déplaît, de ne pas être dépendant des autres d'une quelconque façon. Être privilégié, ce serait donc être libre. C'est aussi être assez heureux pour ne pas avoir envie de changer de vie ; et plus encore : c'est être en situation de pouvoir choisir sa vie. Plus précisément, être privilégié, c'est avoir les moyens de devenir soi.

Est-ce que chacun peut devenir soi, c'est-à-dire choisir ce qu'il veut être ? Non, évidemment. Est-ce possible seulement si on a beaucoup d'argent ? Sans doute pas. C'est aussi une question de méthode et de volonté personnelle et collective.

L'action politique doit consacrer l'essentiel de ses efforts à créer les conditions pour que chacun, dans la communauté, y compris les générations futures, puisse devenir lui-même, sans nuire au devenir-soi des autres.

Paradoxe apparent : le véritable privilégié est nécessairement altruiste.

Consommer, travailler, jouer, apprendre : quand les pratiques bouleversent les concepts

Si vous regardez quelqu'un devant un clavier et un écran, ordinateur ou téléphone, vous ne savez pas s'il est en train de travailler, de consommer, de jouer, de correspondre, de scroller, d'acheter, d'apprendre, d'enseigner, de créer, de soigner ; vous ne savez pas s'il est en train d'obéir, de donner des ordres, de martyriser, d'insulter ou d'être insulté, de consoler, d'admirer, de haïr, d'aimer. Ces actions qui sont si différentes dans le monde réel supposent les mêmes actes dans le monde virtuel.

Tous les concepts classiques de l'économie et de la sociologie sont ainsi totalement balayés par l'émergence de l'économie de l'information, et en particulier par l'économie virtuelle.

Plus encore, dans l'économie de l'information, rien n'est rare a priori : si j'ai eu une information et que je vous la donne, je l'ai encore ; alors que si je donne ou vends un objet matériel, physique, je ne l'ai plus. L'économie virtuelle doit alors créer des raretés artificielles pour maintenir les règles de l'échange marchand.

Nous entrons ainsi dans un monde radicalement nouveau, où il faut repenser tous les concepts. Cela exige de nouvelles lois de la société – par exemple d'autres lois régissant la valeur des objets, la nature du travail, de l'échange.

Rien de tout cela n'est véritablement pensé encore par le droit, sinon dans quelques domaines, comme la musique. Tout est à faire. Et c'est passionnant.

En quoi l'ingratitude est-elle un moteur de l'histoire humaine ?

On a tous été victimes, d'une façon ou d'une autre, de l'ingratitude : on a rendu un service à un ami et il s'est retourné contre nous. On a aidé des parents ou des amis, et ils n'ont pas été reconnaissants. Ceci renvoie à quelque chose de très profond chez chacun d'entre nous, à savoir que nous détestons devoir quelque chose à quelqu'un.

Chacun a envie de se prouver à lui-même que les autres ne sont pour rien dans ses réussites. Et pour cela, la meilleure façon, c'est de nier le service qu'ils nous ont rendu. Jusqu'à se fâcher avec eux pour ne pas avoir à leur devoir quelque chose. Ce genre de dérives a conduit à bien des massacres.

La meilleure façon de l'éviter, c'est de le savoir ; et d'en prévenir les autres ; de dire à quelqu'un à qui on s'apprête à rendre un service : « Attention, je crains que cela ne te conduise un jour à te fâcher avec moi pour te prouver à toi-même que je n'y suis pour rien. Tu en es bien conscient ? » Cela ne marche pas toujours.

De quoi l'antisémitisme est-il le nom ?

D'où vient l'antisémitisme ? Des milliers de pages ont été écrites sur ce sujet. Je voudrais m'en tenir ici à une réponse simple et à mon avis très englobante : l'antisémitisme est une des manifestations fondamentales de l'ingratitude ; l'ingratitude à l'égard d'un peuple à qui on doit tant de choses.

On lui doit d'abord l'idée du Dieu unique (même si d'autres en situent l'origine ailleurs, en particulier dans le monde perse). On lui doit aussi d'avoir instauré la sacralité de Jérusalem. On lui doit encore d'avoir donné naissance en son sein à celui que certains considèrent comme le Messie.

On le déteste pour tout cela : on veut se débarrasser de ce peuple pour que le Dieu unique ne soit pas le sien ; pour que Jérusalem puisse appartenir à d'autres religions ; pour que le Messie ne soit pas Juif. Et enfin parce qu'on l'a contraint, partout, sous peine d'être expulsé, à devenir le prêteur de l'argent, métier dont aucune autre communauté ne voulait. On déteste celui à qui on doit de l'argent, comme on déteste celui à qui on doit l'idée de Dieu, le rôle de Jérusalem et la naissance du Messie. L'Église catholique est allée jusqu'à dire qu'elle était le *Verus Israel* et que, donc, les Juifs n'avaient plus de raison d'exister. L'antisémitisme est ainsi une des manifestations les plus grimaçantes de l'ingratitude.

La Coupe d'Afrique des nations 2024, ou la preuve que le pire n'est jamais certain

La finale de la Coupe d'Afrique de football 2024 aurait pu sembler jouée d'avance : contre le Nigeria hyper favori, pays de 230 millions d'habitants, très entraîné, très organisé, très structuré, dont l'équipe avait tout pour gagner et être l'une des plus grandes équipes du monde – comme ce pays a tout pour devenir un jour l'une des superpuissances de la planète –, la petite Côte d'Ivoire, pays de moins de 30 millions d'habitants, n'avait aucune chance... Certes, c'était le pays organisateur. Mais avec une équipe à la dérive, qui avait changé d'entraîneur au milieu du tournoi et qui pourtant, de match en match, n'avait pas perdu, avait gagné, avait réussi à franchir tous les obstacles. Il y avait à la fois le talent des joueurs, leur gnaque, leur volonté de réussir ensemble et la force d'un peuple qui les portait.

Le pire qui s'annonçait pour cette équipe et pour ce pays n'a donc pas eu lieu. Ils sont arrivés en finale. Ils ont gagné cette finale 2 à 1, après avoir été menés au score.

Ils ont montré ainsi à tous que, au-delà de toutes les qualités et de tous les talents nécessaires, au-delà de l'argent qui peut être investi dans ce genre d'événement, il faut du courage, de la volonté.

Ce qui est vrai pour le football est vrai pour beaucoup d'autres choses. C'est en cela que le sport, et le football en particulier, disent des choses importantes, si on veut bien les entendre : rien n'est impossible. Ni la victoire d'un match de football, ni la lutte contre la pauvreté, ni la lutte pour la démocratie ; dans ces deux pays comme dans tant d'autres.

Y a-t-il un âge limite pour apprendre ?

On a souvent dit que les études sont réservées aux jeunes. Et qu'à partir d'un certain âge, on ne peut ni ne doit plus rien apprendre. Pendant très longtemps, on a simplement mis en œuvre à l'âge adulte ce que l'on avait appris dans sa jeunesse. En réalité, on apprend évidemment à tout âge. Et les plus grands sont ceux qui n'ont jamais cessé d'apprendre. Combien de pianistes que je connais n'ont réussi qu'après soixante ans, ou même après soixante-dix ans, à jouer des œuvres très difficiles ? Combien d'écrivains ont écrit très tard dans leur vie des livres magnifiques parce qu'ils avaient pris le temps, tout au long de leur vie, de réfléchir et d'apprendre des choses nouvelles qui leur ont ouvert des champs d'inspiration nouveaux ? Combien de savants ont fait leurs plus grandes découvertes très tard parce qu'ils avaient défriché de nouveaux domaines et qu'ils avaient ainsi pu faire le pont avec des choses apprises longtemps avant ?

C'est d'ailleurs quand on cesse d'apprendre que se manifestent bien des problèmes, que bien des difficultés se font jour.

Il n'y a pas d'âge pour apprendre, il n'y a pas d'âge pour transmettre. Il n'y a pas d'âge pour continuer à apprendre. Il n'y a pas d'âge pour commencer à transmettre. D'autant plus que c'est en transmettant que l'on apprend le plus.

Les enfants devraient-ils avoir droit au respect des parents, comme les parents ont droit au respect des enfants ?

Un des principes qu'enseignent pratiquement toutes les religions, monothéistes et polythéistes, c'est l'importance de respecter ses parents. À tout âge. Cette relation parent-enfant, faite de respect unilatéral des uns envers les autres, est essentielle au fonctionnement des sociétés les plus anciennes.

Elle doit cependant s'accompagner aujourd'hui d'un principe complémentaire, très rarement énoncé : le respect dû par les parents à leurs enfants ; le respect de leur intégrité physique, morale, sexuelle, intellectuelle.

Rien n'est pire que la violence faite aux enfants par des adultes. Rien n'est pire que le manque de respect des aînés pour les cadets.

Les jeunes devenus adultes finissent souvent par se venger sur leurs propres enfants des turpitudes de leurs parents. C'est ainsi que se fabriquent des sociétés de maltraitance transgénérationnelle.

Il est essentiel de briser cette chaîne de vengeance et d'organiser une société de respect réciproque des générations. Chacune a à apprendre de l'autre.

L'humanité mérite-t-elle d'exister ?

Quand on voit les ravages causés par l'humanité à la nature, la façon dont elle détruit tout ce qui est vivant autour d'elle, dont elle ne respecte pas ce qu'elle a construit elle-même (ses civilisations, ses cultures, ses langues, ses bâtiments, ses œuvres d'art) ; la façon dont les humains s'entretuent, dont les femmes et les enfants sont martyrisés et violés. Quand on observe l'indignité des systèmes éducatifs dans la plupart des pays, la pauvreté des systèmes de santé, la médiocrité des dirigeants, l'infinie diversité des formes de cruauté, de perversion, de haine, de médisance, on peut se demander si l'humanité mérite de survivre.

Ne vaudrait-il pas mieux que l'humanité disparaisse de cette petite planète (une parmi les milliards de milliards qui existent dans les quelque 400 milliards d'étoiles de notre galaxie et dans les 2 000 milliards de galaxies de notre univers) ?

Et pourtant, malgré sa monstruosité suicidaire, l'humanité mérite de survivre. Elle a produit tellement de trésors, tellement d'intelligence. Tellement d'humains ont encore envie de changer les choses de façon positive, de faire le bien. Il y a tellement de savants, d'artistes, de gens de bonne volonté, visibles et invisibles, humbles ou puissants, que l'on peut encore espérer que l'humanité soit utile à elle-même et à la nature, et qu'elle apporte un jour une réponse à la seule question qu'elle doit se poser et dont la réponse conditionne toutes les autres : pourquoi existe-t-elle ?

Que faut-il penser de la solitude ?

Certaines situations sont, selon les circonstances, la pire et la meilleure des choses. C'est le cas de la solitude.

Elle est la pire des choses quand elle est subie ; quand elle laisse quelqu'un à l'abandon, sans personne pour l'aider, l'entourer ; elle est alors un facteur de détérioration de la santé physique et mentale. Plus les sociétés fabriquent cette sorte de solitude, plus les gens voient leur espérance de vie baisser. La solitude est aussi une mauvaise chose quand elle est choisie de façon égoïste ; par l'enfermement sur les réseaux sociaux, dans les jeux vidéo ou dans la drogue, ou même dans le refus de voir que des proches pourraient avoir besoin de vous.

À l'inverse, il existe une solitude heureuse et positive, librement choisie, libératrice, temporaire ou pas. La solitude choisie pour prier, méditer, écrire, composer, créer, s'isoler du monde un moment ou très longtemps. Cette solitude maîtrisée n'est pas qu'une façon de se trouver ; c'est aussi un moyen de retrouver le goût de la compagnie des autres.

Trop de gens n'y ont pas accès, en raison de l'exiguïté des logements, des transports, des conditions de vie et de travail. Chacun pourrait, ou devrait, y avoir accès. Cette solitude-là devrait être un droit. Pas une obligation.

De l'importance de la volonté : la volonté à chaque instant

Le très grand pianiste et chef d'orchestre Daniel Barenboïm demanda un jour à un autre immense pianiste, Vladimir Horowitz, beaucoup plus âgé que lui, quel était le secret de sa virtuosité et de sa sensibilité. Horowitz répondit : « Mon secret, c'est la volonté à chaque instant. » Devant l'air interrogatif de Barenboïm, Horowitz ajouta : « Beaucoup de pianistes veulent apprendre une œuvre et l'apprennent parfois très bien et la jouent parfois très bien. Si on veut passer au niveau supérieur encore, non seulement il faut vouloir apprendre une œuvre, mais il faut vouloir à chaque note, à chaque accord, à chaque rythme, à chaque modalité, à chaque moment, être dans la volonté lucide de ce qu'on veut faire. » C'est vrai pour le piano. C'est vrai pour tout : la volonté à chaque instant est la clé de tout. Elle prend différents noms suivant la façon dont on veut la définir. Elle est au cœur de l'accomplissement de soi, bien au-delà de ce que l'on appelle le quotient intellectuel et bien d'autres fariboles.

Vouloir, c'est être. Vouloir à chaque instant, c'est être vraiment.

Faut-il craindre d'être victime du syndrome de l'imposteur ?

Les faux médecins, les faux avocats, les faux architectes, les faux pharmaciens (ils sont plus nombreux qu'on ne le croit) sont des mythomanes et finissent par croire sincèrement en la validité de leur imposture. D'autres, qui exercent sans diplômes, en imposteurs, craignent sans cesse d'être découverts et de subir les rigueurs de la loi, le discrédit, la prison.

A priori, seuls les imposteurs devraient craindre d'être démasqués.

Ils ne sont pas les seuls : beaucoup plus de gens qu'on ne le croit souffrent du syndrome de l'imposteur, c'est-à-dire qu'ils se pensent imposteurs, sans pourtant l'être. Parmi les victimes de ce syndrome, on trouve surtout des femmes à qui on aura répété tout au long de leur vie qu'elles ne sont pas à la hauteur, qu'elles ne sont pas dignes des diplômes qu'elles ont obtenus, que les fonctions qu'elles occupent ne sont pas méritées. Ces gens-là vivent, comme les vrais imposteurs, et même plus qu'eux, dans la crainte d'être chassés du poste qu'ils croient sincèrement ne pas mériter ; avec en permanence un sentiment de mal-être.

Pour autant, être victime du syndrome de l'imposteur peut avoir aussi des vertus considérables : en souffrir, c'est penser que l'on n'est pas à la hauteur de son propre idéal et cela amène à se dépasser. Plus encore, même : plus on a un idéal élevé, plus on est menacé par le syndrome de l'imposteur. Ce n'est pas grave : l'important est de ne pas être paralysé par lui.

Pour dominer les périls, il faut commencer par en parler

Impossible de détourner une menace si on n'en parle pas. C'est vrai pour les menaces qui concernent chacun d'entre nous comme pour les menaces collectives.

Parmi les innombrables périls qui guettent l'humanité, il en est un dont on parle beaucoup trop peu : le déploiement de l'arme nucléaire dans l'espace. Des tentatives ont eu lieu depuis très longtemps pour les installer. Au début des années soixante, les Américains ont même réalisé une explosion nucléaire dans l'espace ; elle a rapidement entraîné la signature d'un traité interdisant l'utilisation militaire de l'espace, en particulier son usage nucléaire.

Aujourd'hui, ce traité est piétiné par les dictatures, suivies par des démocraties de moins en moins dignes de ce nom.

On peut craindre deux choses pour l'avenir : la première, c'est que l'on utilise des armes nucléaires dans l'espace pour détruire massivement les satellites de communication et d'observation. Au moment où nous basculons dans une société de plus en plus communicative, où nous avons construit un réseau multinational de recueil de données et de moyens d'échanges, ce serait véritablement un retour à l'âge de pierre.

On peut aussi craindre que l'espace devienne le lieu d'installation d'armes nucléaires tournant en permanence et dont un dictateur fou pourrait déclencher le lancement à sa guise sur les pays survolés par ce péril mortel.

Ces deux dangers existent. Il est très important d'en parler pour alerter et pour que l'on réfléchisse à la façon de les écarter. Énoncer un problème est une condition nécessaire à sa résolution.

Peut-on accepter de se mentir à soi-même ?

Un merveilleux proverbe arabe dit : « Il faut conduire un menteur jusqu'à sa porte. » Comme en réponse, un jubilatoire proverbe yiddish dit : « Un bon menteur ne donne jamais de détails. » Belles leçons que nous offrent l'un et l'autre.

Faut-il toujours condamner le mensonge ? Faut-il parfois cacher la vérité ? Qu'est-ce vraiment qu'un mensonge ? La frontière est passionnante, fascinante ; et il y a des vérités que l'on ne doit pas transmettre à tout le monde.

Il y a au moins un mensonge à proscrire absolument : le mensonge à soi-même. On ne doit pas se mentir à soi-même. On doit tout le temps être en situation d'affronter sa propre vérité. Se mentir à soi-même, c'est écarter de son esprit des vérités que l'on connaît, surtout des vérités sur soi-même, des vérités dérangeantes. Par exemple des défauts que l'on refuse de voir. L'inconscient les connaît et les fait resurgir aussi.

Se mentir à soi-même entraîne une perte d'estime de soi. Nul ne peut être heureux s'il se ment à lui-même. Cela conduit à mentir aux autres.

Trop souvent, réciproquement, mentir à l'autre conduit à se mentir à soi-même. Dans une société totalitaire, en particulier, où le mensonge est la condition de la survie, on finit par se mentir à soi-même pour accepter d'avoir menti aux autres.

C'est de plus en plus vrai aussi dans les sociétés apparemment démocratiques, où il faut paraître pour appartenir, prétendre être ce qu'on n'est pas. Se mentir à soi-même devient alors, pour beaucoup, le moyen de rendre crédible un mensonge socialement nécessaire.

La société n'est alors plus qu'une fragile pyramide de mensonges.

Pour quoi, et pour qui, faut-il être prêt à risquer sa vie ?

C'est une des questions auxquelles il vaut mieux avoir réfléchi à l'avance : que fera-t-on si quelqu'un devant nous, proche ou pas, tombe dans une rivière ou sur une voie ferrée, ou s'il est pris dans un incendie ? Aura-t-on le courage de faire le nécessaire pour l'aider, en risquant sa propre vie ?

Réfléchir à l'avance ne suffit pas à savoir ce que l'on fera le moment venu. Cela y aide en tout cas. Et c'est un exercice salutaire, qui nous pousse à réfléchir à la valeur que l'on attribue à sa propre vie, comparée à celle d'autres, proches ou inconnus.

Il est une question plus complexe encore qui vaut la peine d'être posée à l'avance : peut-on, doit-on, risquer sa vie pour défendre des valeurs ? Doit-on entrer dans la résistance face à une dictature ? D'autres questions en découlent : doit-on prendre le risque de tuer des innocents pour lutter contre un tyran ? Ou même : doit-on décider d'en finir avec la vie, en tuant des inconnus, pour accéder au paradis ? C'est la grande question du terrorisme. Les valeurs qui justifient de tuer des innocents pour les défendre sont haïssables.

La dictature anarchique : une nouvelle utopie ?

On voit apparaître progressivement un nouvel idéal d'organisation de la société. Un idéal composé d'un absolutisme collectif (une protection accordée à tous par une sorte de dictature qui imposerait des valeurs, isolerait, permettrait de vivre en sécurité à l'abri du monde) et en même temps d'un anarchisme individuel (où chacun ferait ce qu'il voudrait dans sa sphère personnelle telle que définie et limitée par la dictature). Absolutisme collectif et anarchisme individuel simultanément ; une « dictature anarchique ». C'est apparemment impossible ; et pourtant c'est vers ce système politique que l'on tend.

On voit s'installer ainsi peu à peu différentes formes de dictature, soit classiques (policières, militaires), soit par l'imposition de valeurs dictant les règles de la vie collective sans empiéter sur les vies individuelles.

À l'extrême, on pourrait même vivre dans des dictatures dans lesquelles chacun serait observé, normé et seulement autorisé à mener une vie virtuelle complètement libre, à côté d'autres gens qui vivraient eux aussi la leur dans leur univers virtuel. Alors qu'en même temps, dans la vie réelle, chacun serait soumis à une dictature qui contrôlerait leurs faits et gestes réels, et veillerait à ce que ce qu'ils font dans leur vie virtuelle reste sans conséquence sur leur vie réelle et celle des autres. Ne pas accepter une dictature dans la vie réelle. Ne pas s'enfermer dans le virtuel. Ne pas se résigner à ce que le virtuel soit notre seul espace, illusoire, de liberté.

Assiste-t-on à un déclin irréversible de l'Occident ?

Il est beaucoup question de l'opposition entre le Sud global et le Nord global. Le Sud global, ce serait l'ensemble des pays émergents. Le Nord global, ce serait l'Occident, en y ajoutant le Japon, la Corée du Sud, l'Australie et la Nouvelle-Zélande.

Il est aussi beaucoup question du « déclin de l'Occident ». Qu'en est-il vraiment ? Il est clair que l'on assiste à un déclin en valeur relative de la puissance économique de l'Occident. Les États-Unis ne sont plus la seule superpuissance. Si l'Europe ne semble pas réussir à s'imposer comme telle, d'autres apparaissent et prennent une part rapidement croissante du PIB mondial : la Chine, l'Inde, le Moyen-Orient.

L'empire américain sera-t-il remplacé un jour par l'empire chinois, comme il a remplacé l'empire britannique ?

Pour un long moment encore, l'avenir sera plutôt à une prééminence de l'Occident, même dans sa défaite : quand, au Ve siècle, l'Empire romain s'est défait, aucun autre empire ne l'a remplacé pendant des siècles. Mieux encore : tous les ennemis de l'Empire romain sont alors devenus, d'une certaine façon, romains : ils ont adopté la religion (chrétienne) de Rome, ses mœurs, ses us et coutumes en matière de repas, d'habillement, sa façon de penser l'amour, la famille, la place de la femme et l'État. Ce furent quatre ou cinq siècles de foisonnement extraordinaire, durant lesquels l'Empire romain se métissa et triompha hors de ses murs ; ils se terminèrent par la fin de l'ordre impérial romain dans une large partie du monde et par la mise en place ailleurs d'un ordre radicalement nouveau, non romain, et non impérial : l'ordre marchand, avec de nouvelles villes en son cœur.

De même, aujourd'hui, tous ceux qui pronostiquent la fin de l'Occident, qui se vantent d'avoir réussi ou d'être en train de réussir à mettre à bas la puissance occidentale, sont en fait en train de s'occidentaliser, par leurs mœurs, leurs idéaux, leur conception de la famille, de la place de la femme, du droit et de l'organisation des sociétés. Une très grande partie des élites de ces puissances émergentes ont en effet envie de vivre comme en Occident, ou même en Occident ; bien qu'elles plaident pour son remplacement par d'autres puissances.

Certes, partout d'immenses forces réactionnaires veulent empêcher ce triomphe des valeurs occidentales, et voudraient voir l'emporter les valeurs religieuses antérieures à l'ordre marchand. En Occident même, bien des forces s'opposent à l'universalisation des valeurs de l'Occident, qui passe, comme à Rome, par l'acceptation de son métissage.

Verra-t-on le remplacement de l'Occident par une nouvelle puissance non occidentale ayant d'autres valeurs ? Un empire chinois ? Un empire arabe ? Ou au contraire verra-t-on l'occidentalisation du monde conduire à une nouvelle forme métissée d'organisation et de valeurs dominantes ? Je crois plutôt à cette dernière hypothèse.

Comment avoir à la fois le beurre et l'argent du beurre ?

Les débats actuels sur l'agriculture me rappellent une vieille sagesse populaire : « On ne peut pas avoir à la fois le beurre et l'argent du beurre. » Autrement dit, on ne peut pas avoir à la fois des consommateurs consommant tous, jusqu'au dernier jour du mois, une nourriture saine et équilibrée, des paysans pratiquant une agriculture régénérative, gagnant très bien leur vie et une industrie agroalimentaire saine et prospère, avec des réseaux de distribution profitables ; et en même temps laisser tous et chacun accumuler des objets nouveaux grevant un budget qui pourrait être consacré à se nourrir sainement.

Il faudra faire des choix entre se nourrir sainement et acheter plus de jeux vidéo ou d'autres produits de loisirs ; entre les dépenses que l'on consacre à son présent et les dépenses que l'on consacre à son avenir. Si on veut privilégier l'avenir, c'est-à-dire l'économie de la vie, on devra choisir de dépenser plus pour se nourrir sainement et moins pour s'empoisonner par les énergies fossiles,

les aliments transformés et les jeux vidéo. On pourra alors avoir à la fois le beurre et l'argent du beurre. Cela s'appelle faire de la politique.

Faut-il se préparer au pire ?

Faut-il se préparer au pire, au risque d'être en permanence angoissé ? Ou être parmi ceux qui sont toujours heureux parce qu'ils pensent que le pire n'aura jamais lieu ? Dans les westerns, la cavalerie vient toujours sauver la diligence ; dans d'autres films, un super-héros évite aux personnages de mourir dans une catastrophe. Ce n'est pas ce qui se passe dans la vraie vie : le pire a souvent lieu.

Se préparer au pire, c'est la meilleure façon de se donner une chance de l'éviter ; ou au moins de le retarder. C'est ce que proposaient, parmi d'autres, la princesse Cassandre aux Troyens et le prophète Jérémie aux Hébreux. L'un et l'autre ont été accusés de vouloir le pire, alors qu'ils ne faisaient que le prévoir pour créer les conditions permettant de l'éviter. Ils n'ont pas été écoutés et le pire est arrivé, tant pour le peuple troyen que pour le peuple juif. Pourtant l'un et l'autre ont été considérés comme responsables de ces malheurs qu'ils avaient seulement anticipés et dénoncés.

Prévoir le pire, ce n'est pas s'y complaire, ce n'est pas le souhaiter ; c'est essayer d'évaluer toutes les chances de l'éviter et prendre toutes les décisions nécessaires pour qu'il ne se produise pas. C'est être vraiment libre.

La musique est-elle un moyen de prévoir la force des nations ?

Comment peut-on prévoir l'avenir d'une civilisation ou d'un pays ? Comment peut-on deviner son rayonnement futur, son bien-être à venir ? Bien des moyens ont été employés pour cela et le seront encore. On a d'abord cherché à anticiper l'évolution de la puissance économique, financière, militaire, idéologique. Un autre moyen, qu'on ne regarde jamais et qui, à mon avis, est très efficace, c'est la musique. Plus une nation est puissante, ou va le devenir, plus sa musique devient universelle. Et plus elle se nourrit de toutes les autres musiques du monde. Ce fut le cas des grandes villes italiennes. Ce fut ensuite le cas de la Grande-Bretagne. Ce fut le cas de l'Empire austro-hongrois. Ce fut le cas de l'Allemagne. Ce fut et c'est encore le cas des États-Unis. Ce sera évidemment aussi le cas de l'Afrique, qui, depuis le début du XXe siècle, irrigue la musique du monde, et qui, un jour lointain, deviendra la première puissance mondiale. L'Inde a aussi vocation à être une très grande puissance musicale et plus généralement une très grande puissance mondiale, comme elle est déjà une grande puissance cinématographique et technologique. Ce ne fut jamais le cas de la France, qui n'a pas eu d'école musicale universelle, même si elle a eu, et a encore, d'immenses musiciens au rayonnement planétaire. À aucun moment elle n'a été une superpuissance économique. Un contre-exemple : les Provinces-Unies, qui furent une puissance dominante sans avoir de musiciens d'envergure mondiale (injustement, car Jan Sweelinck fut un très grand compositeur). La Chine, dont la musique n'est pas aujourd'hui universellement écoutée, pourrait devenir une superpuissance. La Corée du Sud, dont la musique est universelle, n'a pas les moyens de devenir une superpuissance. À moins que la Chine ne l'annexe d'une façon ou d'une autre.

Peut-on imaginer une société dans laquelle les puissants n'auraient aucun privilège ?

Peut-on imaginer une société dans laquelle les puissants, ceux qui protègent, dirigent et répartissent les biens rares, n'auraient aucun privilège ?

Dans les nations d'Occident et dans les empires orientaux, cela n'a presque jamais été le cas. On en trouve quelques rares exemples dans l'Israël biblique, où les richesses devaient être équitablement re-réparties tous les quarante-neuf ans, ce qui ne fonctionna qu'une fois semble-t-il. On en trouve aussi en Afrique, chez les Bush, les Kuba, les Dogons, où les chefs n'avaient aucun privilège et étaient sous le contrôle d'un conseil des Anciens ; de même, chez quelques peuples d'Amérique du Nord, avant l'arrivée des Européens, où le pouvoir des chefs était extrêmement limité ; c'est en particulier le cas des Navajos, des Comanches et peut-être plus encore des Iroquois, chez lesquels les femmes de la tribu choisissent les chefs et s'assurent en permanence qu'ils n'ont pas de privilèges particuliers. Ces sociétés semblaient avoir fonctionné pendant quelque temps sans heurt et en maîtrisant la puissance des uns ou des autres. On pourrait s'en inspirer aujourd'hui.

Connaissez-vous le *green hushing* ?

Vous connaissez sûrement le *greenwashing*, qui désigne la façon dont les entreprises et les États se vantent de leurs succès en matière écologique, alors qu'en réalité ils continuent à polluer, tout en affichant des statistiques démontrant faussement que leurs produits, leurs services ou leurs actes sont utiles à l'environnement et à la santé humaine. Beaucoup de ces entreprises, ou de ces États, sont attaqués par des ONG, ou des organisations internationales, pour avoir menti. Pour l'éviter, un grand nombre changent de façon de faire et ne publient plus ce genre de mensonges. Non pas pour faire mieux, mais simplement pour se cacher dans le silence. Ne rien dire ; ne rien dire de plus que ce que la législation vous oblige à dire : c'est ça, le *green hushing*.

Le silence devient ainsi la règle. On tente de se faire oublier. On ne ment pas. On se tait. Et on espère ainsi installer les conditions de l'indifférence dont rêvent les coupables.

Obliger les entreprises et les États à reconnaître ce qu'ils font de nuisible est la condition de la survie de l'humanité. Laisser s'installer le silence sur la dégradation de la nature, c'est la condamner.

Connaissez-vous Louise Farrenc et Lise Meitner ?

Connaissez-vous Louise Farrenc ? Sans doute pas. Ce fut une très grande musicienne française du XIXe siècle et une très grande pianiste. Une des premières professeures au Conservatoire national de musique. Et encore : professeure seulement pour des étudiantes, parce que les femmes n'avaient pas le droit d'enseigner à des hommes. Elle fut aussi une très grande pianiste et compositrice. Elle a laissé des œuvres magnifiques : symphonies, œuvres pour piano… Et pourtant, tout de suite après sa mort, elle fut oubliée, et elle l'est encore ; même si quelques interprètes essayent aujourd'hui de faire revivre son œuvre. Elle fait partie de toutes ces artistes désormais oubliées. Ce fut le cas aussi de la sœur de Mozart ; de l'épouse de Schumann, de celle de Mahler et de sa nièce ; musiciennes exceptionnelles.

La musique n'est pas le seul domaine où les femmes sont honteusement tenues à l'écart. C'est aussi vrai en science. Ainsi : avez-vous entendu parler de Lise Meitner ? C'est peu probable. Pourtant c'est l'une des plus grandes scientifiques du XXe siècle. Juive autrichienne, elle avait peu de chances d'entrer à l'université. Elle est malgré tout (c'est le sujet d'une très belle pièce de théâtre d'Élisabeth Bouchaud) à l'origine de la découverte d'un grand nombre d'éléments au-delà de l'uranium, et des processus de la fission nucléaire. Elle réussit à fuir l'Autriche et l'Allemagne vers la Suède, mais elle ne fut jamais récompensée pour ses découvertes, alors que celui qui lui vola son travail, resté en Allemagne pendant la Seconde Guerre mondiale, eut l'incroyable privilège d'obtenir le prix Nobel de physique en 1944 ! Elle est elle aussi un exemple du fait que les femmes ont été si souvent, si longtemps, écartées de la notoriété, du succès, de la reconnaissance.

De quoi « consoler » est-il le nom ?

Il est une particularité de l'espèce humaine (encore que quelques espèces animales en soient aussi capables), c'est la faculté de consoler, ou d'être consolé d'un chagrin. « Consoler » est un mot étrange. « Console » : dans la plupart des langues, le mot renvoie à la fois à un meuble, à un objet permettant de jouer à des jeux vidéo, et à l'acte de consoler. La consolation passe presque toujours par les mêmes cinq étapes : on commence par nier la cause du chagrin (« Non, il n'est pas mort. » « Non, il n'a pas rompu avec moi »). Puis vient la phase de la colère (« Ce n'est pas possible, ce n'est pas vrai, ce n'est pas imaginable. » « Ce n'est pas juste. »). Vient ensuite la phase de l'acceptation ; puis celle de la résignation ; enfin vient le moment où la douleur devient une douce présence, et on peut alors passer à autre chose. On retrouve ces cinq étapes pour toutes les peines et dans toutes les formes de consolation ; qu'il s'agisse de la consolation par la prière, par l'écriture, par la lecture, par l'écoute d'un sermon ou d'un éloge, par la caresse, la présence, le silence, la musique, le chocolat. Qu'il s'agisse d'une consolation pour un deuil, un chagrin, une rupture, elle passe toujours par l'acceptation de ce que celui ou ce qui nous manque est encore là, autrement. Et c'est bien ça l'essentiel : la prise de conscience de la présence de l'autre, même en son absence. L'autre sans qui nous ne sommes rien.

Éloge de l'humilité

Pour avoir été si souvent, et injustement à mes yeux, accusé d'arrogance, permettez-moi ici de faire rapidement l'éloge de l'humilité. Difficile vertu, qui suppose sans cesse un combat contre soi-même. Humilité à l'égard de l'univers : nous sommes si peu. Humilité à l'égard des autres : nous avons tant à en apprendre, tant à gagner à les respecter. Chacun auprès de nous, autour de nous, loin de nous, et la nature elle-même méritent une admiration, un émerveillement, une considération, un respect, une reconnaissance, de la gratitude. Humilité aussi à l'égard de soi-même : nous sommes tous capables de faire beaucoup mieux que ce que nous faisons ;

et il faut, pour y parvenir, être modestes et plus exigeants à l'égard de nous-mêmes.

L'humilité est aussi la condition de la vie en société ; il n'y a pas de société possible si chacun tente d'imposer sa puissance, de s'affirmer supérieur aux autres, vivants d'aujourd'hui, d'hier et de demain, qu'il s'agisse des humains ou des autres formes de vie sur la planète. L'humilité est la condition de la survie de l'humanité.

L'avenir du monde passe aussi par le chocolat

Il est une matière première dont le prix vient d'augmenter de 147 % en un an ; dont la production se fait à 45 % dans un seul pays, la Côte d'Ivoire, et à 15 % dans un autre, le Ghana. Une matière première végétale, tirée des fruits d'un arbre, le cacaoyer. Ses fèves servent à produire, après de nombreuses transformations, un produit essentiel pour la vie de beaucoup de gens, et en particulier pour la mienne : le cacao, qui sert à faire du chocolat. Le chocolat dont les bienfaits sont incommensurables, à condition de le consommer avec modération et avec une intensité d'au moins 70 %. Chacun peut dire qu'il aime le chocolat de telle ou telle région de ces deux pays, ou de telle ou telle autre région d'Amérique centrale ou d'ailleurs. Bien sûr, il peut arriver que le prix du cacao baisse sur le marché. Il n'empêche. À long terme, il doit monter, car la demande mondiale de chocolat ne peut que croître. Les pays producteurs, pour l'instant, n'en bénéficient que très peu, puisqu'ils sont tenus de vendre leurs fèves brutes à de grandes compagnies internationales qui en font du chocolat, à leur seul profit. La clé de l'avenir des pays producteurs sera d'obtenir les moyens d'investir assez pour transformer chez eux cette matière première et exporter eux-mêmes le chocolat. Une denrée bénéfique pour l'humanité devrait d'abord l'être pour ceux qui le produisent.

Après le droit à l'avortement, quel autre droit faudrait-il garantir ?

On ne peut que se féliciter de voir un droit aussi fondamental que le droit à l'avortement être reconnu et garanti en France par la Constitution. On ne peut que rêver que ce droit soit un jour aussi garanti à l'échelle du continent européen et plus encore. On peut aussi rêver de voir d'autres droits ainsi garantis constitutionnellement : le droit à un air respirable, à une enfance protégée, à une alimentation saine, au logement, à la sécurité.

Naturellement, ces droits-là sont beaucoup plus difficiles à définir et à garantir qu'un droit qui (comme celui de l'avortement) se limite à rendre légal et possible un acte médical. Pour autant, ils n'en sont pas moins importants.

Pour ma part, je choisirais volontiers de reconnaître d'abord l'importance du droit à une enfance sans violence : pourquoi reconnaître le droit de choisir quand on veut avoir des enfants et ne pas reconnaître entre-temps le droit pour ces enfants d'être protégés de la violence de leurs parents et de leurs proches ?

De l'art de savoir faire le pont

Vous connaissez sans doute la légende qui veut qu'Isaac Newton, un des plus grands génies de tous les temps, ait conçu la théorie de la gravitation, en 1666, en regardant une pomme tomber d'un pommier et en faisant alors le lien entre la pomme et tous les autres objets qui pourraient tomber. Vous savez peut-être aussi que c'est en regardant la trajectoire d'une colonie de fourmis, allant d'un endroit à un autre en évitant les obstacles pour transporter leur nourriture, que Ehud Shabtai pensa en 2006 à imiter leurs procédés pour inventer une application aujourd'hui mondialement connue, Waze. On pourrait citer des centaines d'autres exemples d'innovations, ou de découvertes, liées à une capacité à relier deux domaines apparemment différents. C'est très général : le nouveau naît toujours de la capacité à faire le pont entre deux idées, deux phénomènes, ou deux styles, que personne n'a pensé avant à connecter ; puis à se placer au-dessus du particulier pour atteindre le général. C'est vrai dans tous les domaines.

Naturellement, pour faire le lien entre deux domaines, il faut les connaître ; et il faut avoir l'esprit assez libre pour penser à trouver les invariants communs. C'est cette capacité à joindre deux univers qu'il faut cultiver. Et pour y parvenir, il faut avoir une curiosité aussi vaste, ouverte, libre, diverse que possible. Il faut disposer d'une large bibliothèque mentale, d'un esprit d'observation aiguisé et d'une capacité à « penser par-dessus », à ne pas rester dans le même plan que ce que l'on observe : pour penser un pont, il faut regarder le monde d'en haut.

Un petit secret pour mener à bien une négociation

Une des rares choses que j'ai apprises en participant à des négociations internationales, c'est que, pour avoir une chance d'imposer ses thèses face à d'autres, il est préférable de poser sur la table en premier un projet d'accord sur lequel on souhaite que la négociation se noue. Si ce projet vient de vous, et si les autres acceptent d'en faire la base de la négociation, ils partiront de votre pensée, de votre logique. En revanche, si le projet de départ de la négociation vient d'un autre et que vous-même êtes en situation de devoir l'amender, vous ne pourrez obtenir de modifications qu'à la marge.

Ce n'est pas vrai seulement pour les grandes négociations internationales. C'est vrai aussi pour toute forme de contrat que l'on peut avoir à négocier dans la vie : un contrat de travail, un contrat de mariage, un contrat d'achat ou de location d'un appartement. Un préalable cependant : pour faire accepter son texte comme base de la négociation, il faut encore qu'il tienne compte de ce que les autres parties peuvent vouloir ; c'est-à-dire ne pas demander trop, ni pas assez. Il faut pour cela être capable de se mettre à l'avance à la place de l'autre ou des autres : pas de négociation réussie sans initiative et sans empathie.

Que faut-il accepter de ne pas voir ?

Dans la vie de tous les jours, sans cesse, implicitement ou hypocritement, lâchement ou lucidement, il y a bien des choses que l'on décide de ne pas voir : on ne veut pas voir bien des malheurs du monde qui sont pourtant là ; on ne veut pas voir les gens dans les rues qui dorment à même le sol par le plus grand froid, ni les enfants qui souffrent, ici et ailleurs, de misère extrême ou de violences ; plus prosaïquement, certains choisissent de ne pas voir les défauts de leurs proches, compagnons ou compagnes, leurs lâchetés, leurs trahisons, leurs mensonges ; ces vilenies qui encombrent notre quotidien et qu'il serait difficile de dénoncer ou de combattre sans y laisser des plumes. On peut l'admettre.

En revanche on ne peut pas admettre de ne pas s'avouer consciemment : « Cela, je décide de ne pas m'en préoccuper. »

Il est important de s'avouer à soi-même ce que l'on décide de ne pas voir. Et, parfois, de ne pas s'en contenter.

Éloge d'une science négligée

Quelle est la science sociale la plus importante ? L'histoire, l'économie, l'anthropologie, la sociologie, la futurologie, la géopolitique se disputent ce titre ; et les spécialistes de chacune de ces disciplines expliquent que les autres découlent de la leur.

Certains concèdent cependant, avec quelque réticence, avoir parfois besoin du support de l'une ou l'autre discipline d'un confrère.

Je dirais pour ma part que l'une des plus importantes, c'est l'histoire : on ne peut pas faire de science économique, de sociologie, d'anthropologie ou de prévision sur l'avenir sans connaître l'histoire.

Et pourtant, l'histoire elle-même n'est pas première. Elle est très largement déterminée par une autre science sociale, apparemment beaucoup plus prosaïque, banale, simple, négligée : la géographie.

Si on regarde bien, la plupart des grands mouvements politiques, des conquêtes, des conflits s'expliquent par la géographie. Qui ne connaît pas les pays riverains de tel ou tel fleuve, de telle ou telle mer ne peut rien comprendre aux conflits qui se déroulent dans ces régions ni aux mouvements des idées qui y sont nés.

Alors, si vous voulez comprendre quelque chose à ce qui se passe en Ukraine, au Moyen-Orient, en Iran, en Chine, en Corée, en toute région du monde, si vous voulez comprendre la dynamique des religions et des idéologies, regardez une carte, regardez des dizaines de cartes.

Pour comprendre vraiment le monde, apprenez à lire les cartes

Pour comprendre le monde d'aujourd'hui, effectuez cet exercice amusant. Imaginez que vous devez aller de la ville d'Alger en Algérie à celle du Cap en Afrique du Sud en voiture. Par quels pays passerez-vous ?

Il faut non seulement connaître les pays que l'on va traverser, mais aussi savoir dans quelle situation politique et militaire ils se trouvent, pour savoir s'il est possible de les traverser en toute sécurité. Donc, pour comprendre le monde d'aujourd'hui, il faut connaître à la fois l'histoire et la géographie.

Il faut donc connaître les cartes géographiques du passé et du présent. Par exemple, on ne comprend rien à l'Europe d'aujourd'hui si on ne connaît pas les cartes du monde tel que le voyaient les Romains. On ne comprend rien non plus à l'histoire de l'Amérique et des États américains d'aujourd'hui si on ne sait pas ce qu'étaient les frontières sur ce continent jusqu'à l'arrivée des Européens.

Enfin, on ne regarde pas le monde de la même façon selon les lieux d'où on l'observe ; et si on veut comprendre l'histoire et ses mouvements, il faut comprendre comment le monde est vu par les autres.

Les cartes du présent, les cartes du passé, les cartes des autres.

Maintenant regardez une carte de l'Afrique et essayez de comprendre comment vous pouvez aller d'Alger au Cap. Puis refaites l'exercice sans carte.

De l'importance du jeûne

Toutes les religions du monde, monothéistes ou polythéistes, recommandent des périodes de jeûne. Il serait indécent de parler ici de jeûne volontaire quand tant de gens dans le monde, dans des zones de conflit ou de misère, souffrent de la faim ; pour ces gens, le jeûne est une forme de torture, d'assassinat, parfois même de génocide.

En dehors de ces circonstances tragiques et si actuelles, le jeûne volontaire est une dimension essentielle de la prise de conscience de soi, de l'intériorité, de la libération à l'égard des contraintes matérielles ; il conduit à considérer la nourriture que l'on consomme, et plus largement l'objet que l'on achète, non comme une nécessité vitale, mais comme une charge, un obstacle à la liberté, et en particulier un obstacle à la réflexion intellectuelle. Il n'est pas étonnant qu'il soit recommandé pratiquement par toutes les doctrines, de mille façons différentes. Jeûner, c'est entrer en soi. C'est aussi y faire de la place pour l'autre, quel qu'il soit.

Le jeûne alimentaire volontaire n'est qu'une des formes de privation volontaire de la satisfaction d'un besoin ou d'un désir.

Faire souffrir le corps pour être un pur esprit. Se débarrasser de son corps. N'être qu'une conscience. Comme si la négation de la matière, périssable, pouvait apporter la chose la plus importante dont rêvent les humains : l'immortalité.

Vaut-il mieux écrire un texte court ou un texte long ?

Un très grand auteur de théâtre, aujourd'hui injustement oublié, Sacha Guitry, disait à l'un de ses confrères qui s'inquiétait devant lui de savoir si sa pièce était trop longue : « Monsieur, on n'a jamais entendu siffler une coupure. » Ce qui veut dire : « Faites court ! » Ce conseil vaut non seulement pour le théâtre, mais aussi pour tous les textes que l'on peut écrire, comme écrivain ou comme auteur d'un article, d'une simple note, d'un rapport, d'un discours. Il faut toujours se demander s'il n'y a pas de mots, de phrases, de paragraphes en trop. Et il y en a toujours. Telle cette formulation parfaitement inutile : « Force est de constater que. » Ou ces mots et expressions vides comme : « Soit dit en passant » ; ou : « Ce n'est pas pour dire. » Chasser les mots inutiles, les phrases redondantes, les passages répétitifs, se rendre compte que la longueur d'un texte n'est pas un argument.

Existe-t-il un être vivant capable de rajeunir ?

Au-delà des illusions de la chirurgie esthétique et des promesses d'autres médicaments miracles ; au-delà de l'utilité considérable du jeûne, du sport, d'une activité intellectuelle et d'un projet de vie, aucun être humain ou animal ne peut rajeunir. En revanche, il existe un autre être que l'on peut qualifier de vivant qui, lui, peut rajeunir. Naturellement, ce n'est pas un être comme les autres, il n'est pas fait que de chair et de sang : c'est la ville.

La ville est un être vivant. Elle est d'abord composée des humains qui y demeurent, y passent et la façonnent, et dont on peut dire que, collectivement, ils rajeunissent quand leur âge moyen diminue. Elle est aussi un être vivant en elle-même qui peut rajeunir, quel que soit l'âge de sa population, en refaisant ses infrastructures, ses immeubles, ses parcs, ses moyens de transport.

Naturellement, rajeunir n'est pas, pour une ville, un but en soi : on ne doit pas rajeunir une ville en détruisant ses bâtiments historiques, mais en modernisant ses infrastructures tout en gardant le meilleur de ce que le passé lui a transmis.

De même pour les humains, qui devraient vouloir conserver le meilleur des divers âges.

Si jeunesse savait, si vieillesse pouvait ? La ville sait et peut.

Faut-il laisser les enfants parler à table ?

Selon une vieille tradition, que l'on retrouve dans de très nombreuses civilisations, les enfants ne doivent pas prendre leurs repas avec leurs parents ; et quand ils sont admis à la table des grands, ils doivent se taire et ont, à la rigueur, le droit d'écouter. Dans le monde moderne, cette interdiction faite aux enfants de parler pendant les repas est remplacée par le silence général, le silence de tous, à table : tout le monde regarde la télévision ou son téléphone. Personne ne parle. Ou pire encore : chacun mange seul, à son rythme, à son heure, ce qu'il veut, comme il veut, dans sa chambre ou ailleurs. Le repas familial disparaît progressivement. C'est une épouvantable évolution, car le repas est, ou était, un moment où les membres d'une même famille, les amis, les collègues de travail peuvent ou pouvaient parler ensemble, hors de toute structure hiérarchique. C'est, en particulier, un moment où les enfants devraient pouvoir exprimer leurs points de vue au même niveau que les adultes et leur poser des questions. Idéalement, le repas devrait même être aussi l'occasion pour les parents de poser des questions à leurs enfants, sur leurs occupations et leurs rêves. Laissez les enfants parler à table, pour faire du repas un véritable lieu de convivialité et de transmission.

Assiste-t-on à la fin de l'ère des Lumières ?

Assiste-t-on à la fin de l'ère des Lumières ? Beaucoup de signes l'annoncent. Ce qui se passe dans les universités américaines, la tyrannie des *fake news*, le totalitarisme de toutes sortes de dictatures, qu'elles soient religieuses ou purement populistes, et le fait que l'enseignement de la raison soit contesté partout montrent que le combat pour la victoire des Lumières, c'est-à-dire de la science et de la raison, n'est jamais gagné. Il est peut-être même en train d'être perdu.

Pour autant, rien ne fait plus avancer le monde, ni ne crée davantage de moyens de vivre mieux que la science.

La science est fondée sur la vérité. La vérité est fondée sur la raison. Et la vérité elle-même, comme le disait le grand Ibn Rushd (Averroès), ne conduit en rien à renoncer à la foi, ou à une conviction, quelle qu'elle soit. Si on a l'intelligence de reconnaître que l'une et l'autre ont leur place sans se contredire. La raison est universelle. La foi doit rester individuelle.

L'Asie, qui ne semble pas s'encombrer de ces doutes ni de ces conflits de légitimité, en devient désormais le principal acteur.

Mille vies en une ?

Et si, en réalité, même dans les pays les plus avancés socialement, on travaillait encore beaucoup plus que huit heures par jour ? Et si chacun, sans le savoir, menait mille vies en une ?

D'abord, dans un grand nombre de métiers, on travaille vraiment plus que huit heures par jour, au bureau, dans un atelier, sur un chantier ou aux champs.

Ensuite, l'envahissement de la vie personnelle à toute heure, par les messages sur les réseaux sociaux et les ordres reçus (même si c'est illégal) de chefs, de clients ou de fournisseurs, d'administrations enjoignant de répondre en dehors des heures de travail, fait que le temps de travail est en réalité beaucoup plus long qu'on ne le dit.

Aussi parce que s'ajoute le travail dit domestique, pour l'essentiel encore accompli par des femmes, qui occupe, semble-t-il, une durée supérieure à la moitié du temps de travail rémunéré.

Enfin, bien d'autres taches s'additionnent : aider les autres, proches ou non, bénévolement ou non, bricoler, s'occuper d'association, se former. Et là, la frontière entre le travail et le loisir, entre les mille et une vies, se fait plus floue.

Toutes ces activités, ou presque, renvoient au travail et à ses dépendances.

Tout cela ne peut pas se compter seulement en heures de travail ; parce que l'on fait, depuis toujours, et de plus en plus, plusieurs choses en même temps : pendant que l'on accomplit des tâches domestiques, on peut répondre au téléphone ; pendant que l'on est en réunion, on peut répondre à des mails ou des messages WhatsApp sur un autre sujet, voire pour un autre métier ou une occupation domestique. Il faudrait donc compter double ou triple certaines de ces heures de travail.

Il faut se battre pour conserver son sanctuaire privé.

Quelles sont les quatre principales faiblesses des humains ?

Quelles sont les pires faiblesses de l'homme ? Mille et une réponses ont été apportées à cette question. Je retiens aujourd'hui celle qu'apporta un jour le grand écrivain américain Carlos Castaneda, qui fit dire à un sorcier yaqui, avec qui il est supposé avoir dialogué, dans son merveilleux livre *The Teachings of Don Juan* (traduit en français sous le titre *L'Herbe du diable et la petite fumée*), que les quatre principales faiblesses de l'homme, ses quatre principaux ennemis sont : la peur (qui paralyse, empêche d'agir, de se conduire avec courage et d'être brave) ; puis la clarté (c'est-à-dire la raison, qui fait que lorsque l'on n'a plus peur, on pense que l'on peut toujours prendre les bonnes décisions, on agit alors avec imprudence et on fait beaucoup d'erreurs) ; puis le pouvoir (on pense, lorsque l'on a vaincu la peur et que l'on maîtrise la clarté, que l'on peut abuser) ; enfin, quand on a maîtrisé la peur, et lorsque l'on ne pense plus que la raison permet de tout décider avec justesse, lorsque l'on n'est plus en quête de pouvoir, on peut penser que l'on s'est débarrassé de ses pires ennemis. Vient alors la quatrième faiblesse des humains : la mort, dont on ne peut que retarder l'inéluctable victoire. Peur, clarté, pouvoir, mort. L'humanité est là tout entière.

À quoi servent les séries et les films policiers ?

Pourquoi voit-on aujourd'hui de plus en plus de séries, de films et de téléfilms policiers ? C'est bien sûr un genre tout à fait classique et ancien, que l'on retrouve aussi en littérature, depuis au moins le XVIIIe siècle, bien avant Edgar Poe, souvent désigné comme le premier auteur de romans policiers. Ce genre a pris aujourd'hui une importance considérable parce que le sentiment d'insécurité qui nous habite tous nous amène à vouloir être rassurés par le spectacle de la victoire de l'ordre et de l'arrestation des coupables. Vous remarquerez que la quasi-totalité des films policiers ou des séries policières (mis à part quelques exceptions jubilatoires comme *Chinatown, Usual Suspects, No Country for Old men* ou *Le Silence des agneaux*) se terminent par la victoire de la police, du droit et du bien.

Si, dans la vie réelle, nous n'assistons pas souvent à la victoire du bien, nous en avons au moins ainsi presque toujours le spectacle. Le rassurant spectacle.

L'histoire de l'humanité a-t-elle un sens ?

L'histoire de l'humanité a-t-elle un sens ? Beaucoup de réponses ont été apportées à cette question. Certains ont vu dans cette histoire un jeu des dieux s'amusant des humains. D'autres y décèlent le projet d'un Dieu pour réparer sa propre création. Certains philosophes y lisent une évolution perpétuelle vers davantage de liberté pour chacun et pour tous. D'autres encore y décryptent une transformation vers la victoire de l'esprit sur la matière. D'autres au contraire pensent que le sens de l'Histoire est d'aller vers la disparition de l'espèce humaine, condamnée par le poids de ses crimes contre la nature ou contre Dieu.

Pour ma part, je pense que nous vivons dans une oscillation permanente entre davantage de bien et davantage de mal.

Si on représente l'histoire humaine par une courbe avec en abscisse le temps et en ordonnée le bien et le mal, elle commence par quelques moyens de faire un peu de bien et la courbe monte ; puis ces moyens sont utilisés pour faire du mal et la courbe redescend ; puis on a davantage de moyens pour faire du bien, on remonte un peu plus haut ; puis on les utilise pour faire plus de mal et on redescend plus bas encore ; et cela continue ainsi : on monte de plus en plus haut ; on descend de plus en plus bas. Aujourd'hui, on a beaucoup de moyens de faire le bien ; on est sans doute au sommet d'une oscillation et on s'apprête à redescendre à nouveau. La question est de savoir jusqu'où on descendra et si on pourra encore remonter.

Prendre garde à la force originale des mots

Beaucoup de mots ou d'expressions véhiculent des sens implicites très lourds que l'on ne voit plus parce que l'on s'est habitué à leur en donner un autre.

Par exemple, on parle d'« assistantes maternelles » pour désigner celles qui remplacent les parents afin de leur permettre d'aller travailler ou vivre une vie en dehors de la garde de leurs propres enfants. Pourquoi parle-t-on d'« assistance maternelle » et pas d'« assistance paternelle » ? Ou mieux encore d'« assistance parentale » ? Ce qui serait bien plus juste puisque ce sont les parents dans leur ensemble qu'il s'agit d'assister. En disant « assistante maternelle », on fait comme si la responsabilité de l'éducation des enfants les plus jeunes n'incombait qu'à la mère.

De même, pourquoi parle-t-on d'« école maternelle » alors qu'évidemment ce mode d'enseignement vise à remplacer les deux parents, qui devraient ou qui pourraient, ou qui auraient pu, dans certaines circonstances et certains milieux sociaux, enseigner tous les deux à leurs enfants au moins jusqu'à l'« école primaire » (expression elle aussi très connotée). On devrait donc parler d'« école parentale ». À moins que ce mot, « école parentale », ne soit réservé à une école qui n'existe pas et qui serait bien nécessaire, pour apprendre aux adultes à devenir parents. C'est une autre question.

Enfin, en français, comme dans beaucoup d'autres langues, on désigne très souvent les contributions des citoyens au financement des biens publics par les mots « impôt », « charges sociales » ou « prélèvement obligatoire ». Peut-on imaginer des mots plus négatifs qu'« impôt » ou « charge » ? Parler de « charges sociales », c'est dire que le financement des services sociaux est un poids. Et « prélèvement obligatoire » ? C'est pire encore : les « prélèvements » renvoient au prélèvement sanguin, ou au vampirisme, au prélèvement des livres de chair dont on a fait l'un des fondements de l'antisémitisme. Parler de « prélèvement obligatoire », c'est annoncer une torture à laquelle on ne pourra échapper.

Alors que, si on y réfléchit bien, les impôts et les charges sociales, qui forment ensemble les prélèvements obligatoires, ne sont en fait rien d'autre que des primes d'assurance qui nous permettent de nous protéger contre des menaces, en termes de sécurité, de justice, de santé, d'éducation, d'environnement, de protection de la collectivité.

On aurait plus de facilité à accepter de payer des primes d'assurance que des impôts, des charges sociales et des prélèvements obligatoires.

Faisons attention à la force des mots.

Éloge du papier

Je voudrais faire ici l'éloge du papier. Non seulement parce que les lettres que l'on écrit sur du papier sont plus pérennes que les messages que l'on envoie sur les réseaux sociaux, mais aussi parce que l'écriture sur papier est bien plus créative qu'aucune autre : lorsque l'on écrit avec un stylo sur du papier, on n'a pas du tout les mêmes idées que lorsque l'on pianote sur un clavier. Lorsque l'on écrit à la main, l'esprit va plus vite que la main et on a donc beaucoup de temps, en écrivant, pour réfléchir et ajouter des idées que l'on n'aurait pas le temps de trouver en pianotant, très vite, sur un clavier.

De plus, le papier est une merveilleuse matière. Il est fait de bois, de soleil, de pluie, de terre, c'est-à-dire de tout ce qui mérite le respect de l'humanité. Le papier a aussi des qualités qu'aucun outil technologique moderne ne pourrait avoir : qui pourrait feuilleter un ordinateur ? Qui pourrait lire au soleil avec un ordinateur ?

Le papier est sans doute pour longtemps encore la clé de voûte de nombreuses civilisations. Ne le perdons pas ! N'oubliez pas d'écrire des lettres, des notes intimes, des billets, des discours sur du papier, avec un stylo. N'oubliez pas de conserver les lettres que vous recevrez. N'oubliez pas cet instrument essentiel de la civilisation.

Éloge de l'engagement

Osez-vous vous engager ? Rien n'est plus noble que l'engagement. Au plus haut niveau comme au plus humble. Rien n'est plus nécessaire pour faire reculer la barbarie. C'est d'autant plus admirable que l'engagement conduit souvent au pire. Tant de gens sont assassinés pour s'être exprimés ou avoir agi. Certains totalement et à jamais inconnus ; ceux-là sont des millions, tous les jours au combat.

D'autres sont très connus. Certains ont même cru que leur célébrité les protégerait des tenailles des régimes totalitaires.

Pour prendre deux exemples extrêmes, je citerai ici le docteur Mukwegue en République démocratique du Congo, et le professeur Muhammad Yunus au Bangladesh : tous les deux sont menacés de mort parce qu'ils ont voulu (au-delà de leur prix Nobel, décerné à l'un pour avoir cherché à défendre les femmes victimes de la guerre civile et à l'autre pour tenter de réduire la pauvreté) se mêler de politique. Alors que, dans leurs pays comme dans presque toutes les autres dictatures, la politique est réservée aux professionnels, pas aux gens de bonne volonté. L'un et l'autre sont menacés de mort simplement pour vouloir dire la vérité et combattre pour leur peuple.

Depuis, le professeur Yunus est devenu président intérimaire du Bangladesh et le docteur Mukwegue s'est réfugié aux États-Unis.

Une vie sans engagement ne vaut rien.

Sommes-nous tous devenus des mercenaires déloyaux ?

Poussée à l'extrême, la liberté absolue donne, on l'a vu, le droit d'être déloyal. Aujourd'hui, ce droit s'insinue partout et menace de faire disparaître les organisations les mieux établies. Dans les entreprises, les collaborateurs deviennent pour la plupart des mercenaires déloyaux prêts à changer d'emploi s'ils trouvent un meilleur salaire ailleurs, sans attachement pour ce que l'entreprise peut représenter. De même, les habitants les plus riches d'un pays sont, de plus en plus souvent, eux aussi, des mercenaires déloyaux, prêts à quitter leur pays pour un autre où ils paieront moins d'impôts.

La généralisation de ce nomadisme de la déloyauté entraînerait un délitement de toutes les organisations privées et publiques : une entreprise qui ne serait plus qu'un rassemblement de mercenaires déloyaux devrait accorder à ses cadres des avantages financièrement insupportables. Une nation qui ne serait plus qu'un rassemblement de mercenaires déloyaux devrait supprimer les impôts et vivre à crédit. Elle disparaîtrait vite. On n'en est pas encore tout à fait là. C'est cependant la tendance, et pour l'enrayer il faudrait être capable de recréer les conditions d'une loyauté, d'une appropriation d'un projet collectif, au-delà des avantages financiers immédiats que l'on peut attendre d'une entreprise ou d'un pays. Cela suppose de créer, par le partage d'une culture et d'un destin, une fierté d'appartenance.

Qui gouverne le monde ?

Beaucoup de gens pensent, à tort, que les dirigeants politiques gouvernent dans chaque pays, et que, lorsqu'ils se rassemblent dans des G7, des G20 ou au Conseil de sécurité des Nations unies, ils prennent des décisions applicables au monde entier.

D'autres disent que ces soi-disant dirigeants ne sont que des fantoches et que le vrai pouvoir appartient aux patrons des grandes entreprises multinationales, en particulier les entreprises pétrolières et digitales.

On se rend vite compte que les uns et les autres ne sont que des apparences : les hommes politiques passent. Les décisions des chefs d'entreprise sont déterminées par les lois du marché qui leur imposent de faire le maximum de profits ; et s'ils n'en font pas assez, ils sont remplacés par d'autres.

Alors, qui gouverne ? Personne, sinon des mécanismes qui échappent à toute influence.

Si dans le passé chaque royaume était vraiment sous le contrôle d'un autocrate, aujourd'hui, l'interdépendance des acteurs privés et publics du monde a fait disparaître le lieu du pouvoir. Seuls semblent surnager, comme acteur majeur, mais non unique, les marchés financiers, qui rassemblent les pronostics des uns et des autres.

Il y a beaucoup de choses à faire pour que cela change, pour donner enfin aux humains le pouvoir sur leur vie. Et si possible d'une façon démocratique. Rien ne serait pire qu'à force d'abandons et d'échecs on finisse par mettre en place un gouvernement totalitaire, humain ou digital, de la planète.

Qui suis-je ?

Il est un exercice auquel nous invite un professeur d'anthropologie de Harvard, Joseph Heinrich : il a demandé à des gens habitant dans de nombreux pays de terminer à leur guise la phrase qui commence par : « Je suis… » Les Occidentaux terminent en général cette phrase par l'énoncé d'un métier : « Je suis ouvrier » ou « Je suis ingénieur. » Tandis que dans un grand nombre d'autres parties du monde, la phrase « Je suis » se conclut par : « le fils de… », « le mari de… » ou « le frère de… » Ce qui veut dire, et ce n'est pas une surprise, que les Occidentaux sont devenus si individualistes et matérialistes qu'ils ne sont plus, pour l'essentiel, que ce qu'ils font pour gagner leur vie, indépendamment de leur histoire, de leur réseau familial et de leurs responsabilités.

Joseph Heinrich a aussi constaté que de plus en plus de gens, dans d'autres cultures, donnent désormais la même réponse que les Occidentaux ; victoire de l'individualisme marchand.

Et vous ? Posez la question à vos proches. Posez-la-vous à vous-même. Demandez : « Dites-moi qui vous êtes. » Et vous apprendrez beaucoup par la réponse.

Chacun le sait et peu de gens le font : « Prévenir vaut mieux que guérir »

S'il est une leçon à tirer des inondations et des tempêtes, qui se multiplient dans les villes côtières ou riveraines d'un fleuve, c'est qu'il vaut mieux créer les conditions pour les éviter plutôt que d'attendre d'avoir à en financer les conséquences.

On sait pourtant toujours à l'avance qu'un endroit est inondable. Et, là où ces inondations ont eu lieu, on savait que, si on avait créé, il y a vingt ans, les conditions pour qu'elles ne se produisent pas (ou plutôt qu'elles ne se renouvellent pas, car elles avaient déjà eu lieu dans beaucoup de ces endroits), on n'en serait pas là aujourd'hui.

Mais on n'en tient quasiment jamais compte. Personne, nulle part, n'agit pour éviter aux habitants de zones inondables les conséquences de l'inévitable. Des centaines de millions de gens sont, sur les côtes du monde, confrontés à ce risque pratiquement certain. Des centaines de millions, voire un milliard de gens, vivent dans des villes côtières inondables. Et personne, ou presque, ne bouge.

Ceci est vrai aussi pour chacun d'entre nous : que faisons-nous pour écarter les dangers les plus probables qui menacent chacune de nos vies ? Nous posons-nous seulement au moins la question ? Évidemment non. Nous sommes trop occupés à survivre pour nous soucier de vivre.

Le maître mot de tout : mobilisation

Il est des mots qui marquent un moment, une journée, une année, une décennie, une période, un siècle. Je prends le pari qu'un des mots qui nous marqueront, nous obséderont, nous occuperont d'une façon durable est le mot « mobilisation ». On commence déjà à parler ici ou là (et évidemment dans les pays en guerre) de la « mobilisation » des troupes. On va bien sûr commencer à en parler dans les pays voisins des pays en guerre, un peu partout en Europe et ailleurs dans le monde, face aux menaces militaires environnantes. On va parler aussi (on aurait dû le faire depuis longtemps) de la nécessaire mobilisation de l'économie pour créer les conditions d'une production à marche forcée de ce dont nous manquons ; non seulement de ce dont nous manquons militairement, mais également de ce dont nous manquons physiquement, économiquement et socialement. La « mobilisation », c'est alors le fait de concentrer ses efforts sur le plus urgent, le plus vital, auquel on aurait dû se préparer depuis longtemps ; au détriment de ce qui l'est moins. C'est éviter des pénuries.

Sans doute est-ce révélateur d'une société qui s'est beaucoup reposée sur l'effort des générations précédentes, qui a perdu le sens des priorités, des urgences, des manques, des périls ; et qui doit réapprendre maintenant à fournir des efforts, à rattraper des retards.

Mobiliser, c'est aussi se mobiliser soi-même, en son for intérieur, pour être digne de soi et être utile aux générations futures.

La mobilisation n'est donc pas simplement un signe guerrier, c'est aussi, et peut-être surtout, un signe de respect de soi et des autres.

Les pièges de la logique

L'apparente logique d'un raisonnement nous amène parfois à commettre des erreurs qui peuvent se révéler tragiques. Par exemple, le célèbre paradoxe : « Tous les chats sont mortels. Socrate est mortel, donc Socrate est un chat. » Ou, comme disait Ionesco : « Tous les criminels sont mortels, vous êtes mortel, donc vous êtes un criminel. »

La validité d'une affirmation n'entraîne pas nécessairement la validité de l'inversion de ses termes. Si tout A (tous les chats) est B (mortel), tout B (tout mortel) n'est pas nécessairement A (un chat), parce que l'ensemble des B, qui contient l'ensemble des A, ne s'y réduit pas. On ne peut démonter une erreur logique que par une logique supérieure.

On voit comment le glissement sémantique d'une phrase signifiante, dont les termes ne sont pas interchangeables (parce qu'ils ne sont pas équivalents) peut conduire à dire absolument n'importe quoi. On peut ainsi tenter de faire croire que l'on dit quelque chose d'absolument irréfutable parce que apparemment logique. Bien des rumeurs naissent de ce genre d'erreur logique ou de mauvaise foi. Bien des crimes en découlent.

Combien de temps passez-vous chaque jour à converser en face-à-face avec quelqu'un ?

Selon une étude récente, 20 % des Australiens ont moins d'une heure de conversation quotidienne en face-à-face avec un autre humain. Or, selon la même étude, c'est un élément déclencheur d'une dégradation de l'activité cérébrale. Comme il est recommandé d'avoir au moins sept à huit heures de sommeil et au moins une heure d'activité sportive par jour, peut-être faudrait-il s'assurer d'avoir une heure d'interaction en face-à-face avec d'autres. On croit tous qu'on passe beaucoup plus d'une heure à parler à une autre personne chaque jour ; et c'est sans doute le cas de la plupart de mes lecteurs. Mais en est-on certain pour tout le monde ? Combien de personnes isolées n'ont personne à qui parler ? Combien de gens immergés dans les foules immenses des grandes villes et des ateliers assourdissants sont aussi profondément solitaires ? Combien de gens s'isolent devant la télévision, sur les réseaux sociaux et les jeux vidéo, et ne parlent plus à personne ? De plus, une heure par jour me semble très insuffisante. À moins que cela soit une conversation réellement personnelle, intéressante, stimulante, sur un sujet exigeant réflexion. Pensez à vérifier que vous l'avez et que vos proches l'ont aussi.

Faut-il passer à la semaine de quatre jours ?

Certains disent aujourd'hui qu'il faut faire en quatre jours autant d'heures de travail qu'en cinq aujourd'hui. D'autres disent que la vraie conquête sociale serait de travailler quatre jours par semaine mais seulement avec le même nombre d'heures par jour que pendant la semaine de cinq jours, c'est-à-dire 20 % de temps de travail en moins. D'autres soutiennent qu'il ne faut plus débattre de la quantité de travail par sa durée. De fait, il y a de moins en moins de travaux et de métiers dont l'intensité et la valeur sont définies par leur durée officielle. D'autant plus que le travail envahit une grande partie du reste de la vie. Débattre de la question de la valeur du travail en termes d'horaire, c'est accepter que le travail soit réduit à une activité quantitative et non pas considéré comme une activité créative, ce que chacun est en droit de réclamer. C'est ne pas voir que l'intelligence artificielle ouvre un tout nouvel espace de libération du travail, pour beaucoup de gens.

Connaissez-vous John Field ?

Pour être un grand admirateur de Frédéric Chopin depuis ma jeunesse, et être encore bouleversé par la plupart de ses œuvres, j'ai découvert avec surprise récemment un musicien un peu antérieur dont je n'avais jamais jusqu'ici entendu le nom, auteur de sept concertos pour piano, d'une vingtaine de nocturnes et de quatre sonates ; certaines étant tout aussi intenses et bouleversantes que celles de Frédéric Chopin. Né à Dublin, il a passé l'essentiel de sa vie à Moscou, où il est mort quelques années avant que Chopin n'apparaisse sur la scène musicale. Pourquoi l'un est-il connu et pas l'autre ? Alors que John Field, puisque tel est son nom, fut repéré par Liszt, qui entreprit de retranscrire, de faire connaître et de conserver toutes ses œuvres ? Un grand mystère.

Pas le seul : il y a, dans l'immense trésor de la musique, de la peinture, de la littérature mondiale, dans l'extraordinaire arche de Noé que nous laisse le passé, de magnifiques pépites encore à découvrir. Cherchons-les. Écoutez John Field.

Faut-il être mégalomane ?

Il faut savoir, le plus souvent possible, prendre le contre-pied des idées reçues. Par exemple, les proverbes et les maximes sont presque tous faux. Il faut même souvent penser exactement le contraire de ce qu'ils enjoignent. Ainsi, si l'humanité avait appliqué la maxime : « Un tien vaut mieux que deux tu l'auras », on n'aurait jamais investi dans rien et on en serait encore à l'âge de pierre

De même, parmi les idées reçues, de nombreuses caractéristiques, que l'on considère couramment comme des qualités, sont en fait des défauts ; et inversement de nombreux défauts sont, à dose homéopathique (je dis bien à dose homéopathique), des qualités.

Premier défaut (immense défaut) qui, à petite dose, est une grande qualité : la mégalomanie. Être mégalomane, c'est avoir des projets insupportablement excessifs, c'est considérer qu'on est le meilleur du monde, être atteint de la folie des grandeurs, avoir un amour exclusif de soi, un désir immodéré de puissance. C'est évidemment un très grand défaut. Et le mot lui-même est formé avec deux mots grecs désignant la grandeur et la folie.

À petite dose, cependant, être mégalomane signifie ne pas se contenter de la routine, ni de ce que l'on veut vous imposer, ni de ce que l'on vous dit que vous êtes capable de faire ; cela signifie ne pas se résigner à un destin imposé. Être ainsi homéopathiquement mégalomane, c'est voir au-delà de l'immédiat, c'est être ambitieux, avoir des projets, se fixer des rêves. En ce sens, désigner la mégalomanie comme un défaut, c'est faire l'apologie de la soumission. Être homéopathiquement mégalomane, c'est faire acte de liberté.

L'hypocondrie est-elle un défaut ?

Après la mégalomanie, j'en viens à un deuxième défaut qui, à dose homéopathique, est aussi une qualité : l'hypocondrie.

Être hypocondriaque, c'est être sans cesse à l'affût de tous les maux dont on peut souffrir. C'est penser à chaque instant que l'on est atteint de toutes les maladies imaginables ; c'est ne pas lire un article décrivant une maladie sans penser que l'on en est atteint ; c'est souffrir de chaque maladie parce qu'on a entendu quelqu'un dire qu'il en souffrait ou qu'il connaissait quelqu'un qui connaissait quelqu'un qui en pâtissait. C'est évidemment un défaut, une faiblesse, une souffrance.

Par contre, être homéopathiquement hypocondriaque, quand cela se limite à faire très attention à sa santé physique et mentale, à guetter les signes avant-coureurs de maladies, à organiser toutes les préventions et examens de contrôle nécessaires, est une grande qualité.

Plus généralement, et métaphoriquement, se méfier de soi-même, de ce que l'on peut être, de ce que l'on peut ressentir, de ses réactions, physiques, verbales, mentales ; et tout faire pour se maîtriser, est une immense qualité.

La paranoïa est-elle un défaut ?

Je continue ma série des défauts que l'on peut, à dose homéopathique, considérer comme des qualités. Rassurez-vous, il n'y en aura que quatre.

Le troisième, après la mégalomanie et l'hypocondrie, c'est la paranoïa. Rien n'est plus effrayant a priori que la paranoïa, qui est d'ailleurs reconnue comme une maladie mentale. Voir le mal partout, considérer toute source de dérangement, tout inconnu, comme une menace, penser que l'on est entouré d'ennemis, voir sans cesse des signes d'une volonté de nous nuire, penser que les gens complotent contre nous, à la fois individuellement et collectivement, est une source de souffrance. Une forme de folie.

Et pourtant, à dose homéopathique, se méfier de tout ce qui peut provoquer un problème, pour soi et pour les autres, être à l'affût de tous les risques, refuser de fermer les yeux devant une menace, même lointaine, devant un comportement inquiétant ou suspect, est une qualité fort utile. Il faut alors agir vite, avant que la menace ne se concrétise. À condition de le faire lucidement, rationnellement, froidement, consciemment ; et de ne pas se laisser paralyser par des menaces imaginaires. Alors vive la paranoïa. Homéopathiquement.

La mythomanie est-elle un défaut ?

Le quatrième défaut de la série est particulièrement épouvantable, même à dose homéopathique. Cependant, à dose infinitésimalement homéopathique, il mérite d'être pris en considération. C'est la mythomanie. Rien n'est pire que la mythomanie, qui consiste à mentir aux autres et à soi-même sur ce que l'on est, ce que l'on fait, ce que l'on connaît. La mythomanie ne doit pas être confondue avec l'escroquerie, qui consiste à prétendre, en sachant que c'est faux, avoir tel ou tel diplôme ou tel succès. Le mythomane croit, ou finit par croire, à ce qu'il dit. C'est parfois un défaut bénin, quand on se vante de connaître telle ou telle célébrité ou d'avoir réalisé tel ou tel exploit anecdotique imaginaire. C'est tragique quand on se vante de diplômes, d'une carrière ou d'un métier que l'on n'a pas. On a vu les ravages que cette pathologie a pu causer, menant certains mythomanes tristement célèbres à assassiner leurs proches pour éviter d'être démasqués par eux.

Pourtant, à dose infinitésimale, être mythomane veut aussi dire prendre ses rêves pour des réalités. Et cela peut aider à créer les conditions pour qu'ils se réalisent. On peut faire en sorte qu'un projet soit encore plus crédible parce que l'on y croit, parce que l'on pense sincèrement qu'il est déjà en train de se réaliser, parce qu'on est ainsi plus convaincant.

Alors oui : même si cela semble étrange, soyez infinitésimalement mythomane, en ayant conscience que vous l'êtes.

De quoi la peur en avion est-elle le nom ?

De quoi la peur en avion est-elle le nom ? D'abord, bien sûr, de la crainte que l'appareil s'écrase, après des turbulences extrêmes ou simplement par un accident inattendu.

Plus généralement, la peur en avion renvoie à la peur de ce que l'on ne maîtrise pas, de ce qui nous échappe, de ce sur quoi on a le sentiment que l'on ne peut rien ; et c'est bien ce qui se passe quand on confie sa vie à un pilote, et plus encore, ce qui arrivera quand on la confiera à une machine sans pilote.

C'est aussi ce à quoi nous sommes confrontés dans le monde d'aujourd'hui : nous sommes dans un monde sans pilote, peut-être même sans cabine de pilotage, soumis à d'énormes secousses. Nous le serons de plus en plus, quand nous serons cernés par des intelligences artificielles qui décideront de bien des choses à notre place.

Tout faire pour garder son libre arbitre sur l'essentiel. Rester le pilote de sa propre vie.

À quelle époque auriez-vous vécu ?

Cette question est un sujet de conversation classique. En général, quand on se la pose, on oublie de préciser dans quel milieu social et pendant combien de temps. Si c'est pour vivre dans un milieu extrêmement riche, dans un pays en paix, pendant quelques jours, alors que s'y déroule un événement exceptionnel, bien des réponses sont possibles. Pour ma part, j'aurais volontiers assisté aux leçons de Socrate à Athènes, à la mort de Jésus, à l'arrivée de Cortès dans ce qui allait devenir le Mexique, à la libération de Paris. Seulement pour vivre tout cela brièvement.

Car il ne faut surtout pas oublier que, quel que soit le milieu social, dans les époques qui nous précèdent, on n'avait pas beaucoup de moyens de lutter contre la douleur et la maladie. Et aujourd'hui encore, pour une très grande partie de l'humanité, ces moyens n'existent pas ou ont disparu, en raison de guerre ou de ravages divers.

Pour ma part, j'aimerais beaucoup vivre dans mille ans. Ce serait sûrement très intéressant. Ce n'est pas tout à fait inimaginable, si on croit à la possible transmigration des consciences de soi... qui sait ?

Comment maîtriser sa colère ?

On a tous un jour ou l'autre été confrontés à une vague de colère qui nous a submergés, qui nous a entraînés à dire des choses que l'on a regrettées, tout de suite ou un peu plus tard ; à écrire des choses que l'on n'aurait jamais dû écrire. Certains d'entre nous vont plus loin encore et commettent, sous le coup de la colère, des actes de violence, parfois des meurtres. Denis Diderot, le philosophe du XVIIIe siècle, avait mis au point une technique très habile et très simple pour maîtriser sa colère : il écrivait une lettre à celui à qui s'adressait cette colère, une lettre extrêmement violente, argumentée ; et il ne l'envoyait pas. On connaît deux exemples de telles lettres, l'une destinée à Rousseau, l'autre à Voltaire. Des lettres magnifiques, que Diderot n'a pas envoyées et qui lui ont permis de maîtriser sa colère, de structurer sa pensée en quelque chose de positif, qu'il a ensuite retranscrit dans plusieurs de ses essais.

Pensez-y. Écrivez des lettres (ou des mails ou des SMS) très sévères ; écrivez tout ce que vous avez sur le cœur. Mais s'il vous plaît, laissez-les à tout jamais dans le dossier « brouillons » et ne les envoyez pas.

Savez-vous ce qu'est l'épochê ?

Comme les Hébreux ont inventé un très grand nombre de concepts théologiques, en particulier beaucoup de ce qui fonde le religieux au Moyen-Orient et en Occident, c'est en Grèce, et en particulier à Athènes, qu'un très grand nombre de concepts qui fondent la philosophie de l'Occident d'aujourd'hui ont été débattus, formalisés, cristallisés. L'un d'eux, qu'on utilise peu aujourd'hui, mériterait d'être tiré du néant dans lequel il est tombé : l'« épochê ». *Épochê*, en grec, ça veut dire regarder avec distance, considérer qu'une chose n'est pas forcément vraie et que son contraire ne l'est peut-être pas non plus. C'est aussi ne pas immédiatement bondir sur une assertion pour l'approuver ou la désapprouver, c'est prendre le temps de la réflexion. Le radicalisme, dans l'épochê, consisterait à dire que de toute façon tout est vrai et tout est faux à la fois ; que les points de vue opposés peuvent être tous acceptables en même temps ; que l'on ne devrait jamais prendre une position définitive ; et qu'il faudrait ne jamais se contenter de défendre un seul point de vue, que je peux avoir raison et tort à la fois.

Pour ma part, je n'irai pas jusque-là ; je dirai que réfléchir longuement, prendre des conseils sérieux, calmes, posés et sensés, avant d'approuver ou de désapprouver telle ou telle position, est la meilleure façon de faire de la philosophie et donc de vivre en société.

Savez-vous raconter des histoires drôles ?

Parmi les mille façons que l'on peut trouver de séparer l'humanité en deux catégories, il y en a une que j'affectionne tout particulièrement parce qu'elle est très éclairante et pas méchante : celle qui distingue les humains entre ceux qui savent raconter des histoires drôles et ceux qui ne le savent pas.

Ceux qui ne savent pas raconter des histoires drôles mettent en cause leur mémoire qui leur interdirait de se souvenir de la chute, ou au contraire qui les pousserait à la donner immédiatement, ce qui gâche évidemment le plaisir de la narration.

Ceux qui savent raconter des histoires drôles ont en général un secret : ils trouvent du plaisir à garder la chute en réserve, à ne la dire qu'au bon moment.

Cela renvoie, bien au-delà de la narration d'histoires drôles, à la maîtrise du temps, du récit, de la vie, du plaisir. L'efficacité d'une histoire drôle, c'est une affaire de maîtrise. C'est aussi bien d'autres choses, on en reparlera peut-être un jour.

D'où viennent les concepts ? L'exemple de l'existentialisme

Il est toujours très intéressant de comprendre l'histoire des concepts. Il en est un qui fut un temps très à la mode, moins aujourd'hui, bien qu'encore essentiel pour ceux qui s'intéressent à la philosophie, c'est celui d'« existentialisme », selon lequel nous ne serions tous que ce que nous choisissons d'être. Concept que Jean-Paul Sartre (un de ceux qui sont supposés l'avoir inventé, même s'il existait depuis l'aube des temps) prétend avoir élaboré en observant le comportement d'un garçon de café qui imitait ce qu'il pensait devoir être l'attitude nécessaire d'un garçon de café, et qui ainsi aliénait sa liberté en se confondant avec le métier qu'il exerçait, en se réduisant à cette « existence ».

Jean-Paul Sartre raconte avoir observé ce garçon de café boulevard Saint-Germain en 1943. Au même moment, il cherchait à tout prix à faire jouer ses pièces à Paris et à y publier ses textes. Ce même Jean-Paul Sartre qui dira un peu plus tard : « On n'a jamais été plus libres qu'en France sous l'Occupation. »

Il n'est pas inintéressant de connaître l'origine des concepts...

Connaissez-vous l'équation de Drake ?

L'équation de Drake est une formule mise au point en 1961 par le savant lui ayant donné son nom pour essayer de calculer le nombre de civilisations qui pourraient exister dans notre galaxie, hors de la planète Terre, et qui pourraient un jour communiquer avec nous. Ce nombre serait le produit du nombre d'étoiles dans notre galaxie, par le nombre de planètes autour de chacune de ces étoiles qui pourraient accueillir une vie civilisée ou intelligente et qui pourraient avoir envie de communiquer avec nous, et par quelques autres facteurs encore.

En évaluant d'une façon très approximative ces différents facteurs, Drake arrive à l'idée qu'il existerait donc, dans notre galaxie, une dizaine de civilisations extraterrestres.

En réalité, on n'en sait rien. L'équation a beaucoup trop d'inconnues. Le résultat pourrait en fait aller de zéro à un million. Sans compter qu'il y a sans doute plusieurs millions, sinon des milliards de galaxies dans l'Univers.

Et que l'essentiel de notre univers est constitué d'une matière qu'on dit « noire », en réalité transparente, et d'une nature inconnue, qui occupe l'essentiel de notre propre corps.

Et qu'il y a sûrement aussi des milliards d'univers, simultanés ou successifs, où pourraient exister des milliards de civilisations très avancées.

L'humanité disparaîtra peut-être avant de les avoir rencontrées ou d'avoir été approchée par elles.

Probablement avant même d'avoir compris de quoi nous sommes faits.

Pourquoi pratiquer le *journaling* est-il salvateur ?

Penser à soi, et à la maîtrise de soi, est une étape nécessaire à la maîtrise du monde. Et il existe pour cela une méthode qu'on nomme d'un mot anglais étrange : le *journaling*. Je n'ai pas trouvé de meilleur mot en français (on pourrait dire « journaler »). Comme c'est celui que l'on emploie couramment, je l'utiliserai ici.

Le *journaling* consiste à écrire tous les jours dans un cahier ses pensées les plus intimes. Pas ce que l'on a retenu des événements dont on est témoin, mais seulement ce qui s'est passé en nous. Le *journaling* n'est donc pas la même chose que la tenue d'un journal intime. C'est le récit de ce qu'on pense, un jugement permanent et impitoyable sur soi-même.

Même si cela semble conduire à des sentiments de culpabilité inconfortable, le *journaling* peut mener, s'il est conduit librement, sans lecteur autre que soi-même, sans juge autre que soi-même, à un repos intérieur très profond, soulageant de quelques angoisses ou difficultés. Toutes choses exclues souvent des journaux intimes. Le *journaling* ouvre ainsi à beaucoup de progrès intérieurs. Je vous invite à le pratiquer, quitte à trouver un jour, je l'espère, un meilleur mot pour le désigner.

Dialoguer sans cesse avec deux personnes imaginaires

J'ai toujours pensé qu'il fallait entretenir un dialogue intérieur avec deux personnes imaginaires. Deux adolescents.

Le premier, c'est celui que nous étions à quinze ans ; quand nous avions des rêves, des ambitions, des projets encore flous ; quand nous voulions devenir ceci ou cela, sans limite ! Il faut sans cesse parler avec cet adolescent et se demander ce qu'il pense de ce que nous sommes devenus, si on est à la hauteur de ce qu'il attendait ; si on a fait ce qu'il aurait voulu que l'on fasse et lui expliquer pourquoi on a fait autre chose. C'est un dialogue très intéressant et très constructif, qui nous amène à un peu d'humilité, d'exigence, d'honnêteté à l'égard de soi-même.

La deuxième personne imaginaire à laquelle il faut souvent penser et avec qui il faut dialoguer, c'est un autre adolescent : son petit-fils ou sa petite-fille, ou son arrière-petit-fils ou arrière-petite-fille ; en tout cas un descendant qui aura quinze ans dans cinquante ans. On se demandera si ce que l'on fait aujourd'hui lui sera utile ; s'il nous maudira un jour pour n'avoir pas créé le monde qui lui convient ; ou s'il pensera que nous avons fait de notre mieux pour lui laisser une planète vivable et un patrimoine culturel.

Même s'il vaut mieux, pour un tel exercice, imaginer quelqu'un de sa famille, on peut aussi penser à n'importe quel adolescent. Parce que les conséquences de nos actes, quelque limité que soit notre cercle d'influence, auront un impact sur tous les adolescents du monde.

Pensez à ces deux adolescents. Faites en sorte qu'ils ne quittent jamais votre esprit, et vous aurez une chance d'être digne de vous-même.

La chaise vide du futur

Dans la salle importante du conseil municipal de la ville de Québec, au Canada, est posée, au centre de l'amphithéâtre où se réunissent les membres de ce conseil, une chaise particulière, supposée être celle du représentant des générations futures, celles qui auront à vivre les conséquences des décisions prises dans cette salle. Très joli symbole qui renvoie à l'essentiel du rôle des politiques : prendre des décisions pour les générations futures. Imaginez une telle chaise dans la salle de chacun des conseils municipaux de France, des conseils départementaux, des hôtels de région, du Conseil des ministres, du Parlement, Assemblée nationale et Sénat. Bien sûr, très rapidement, la plupart des participants à ces réunions oublieraient la présence de cette chaise. Certains la leur rappelleraient.

Rien n'est plus important que de rappeler aux uns et aux autres les exigences de la conscience, incarnée par ces invisibles qui seront là un jour. Les institutions de la République grandiraient à être ainsi nourries de la présence du futur.

Faut-il imiter le modèle de réussite des générations précédentes ?

Réussir, est-ce seulement imiter ceux qui ont réussi avant nous ?

Dans une société stable, qui se répète génération après génération, le modèle de réussite peut être considéré comme constant ; et chacun tente d'arriver là où d'autres sont arrivés avant lui. Ainsi, dans les sociétés où les hommes d'armes étaient la principale puissance, on voulait devenir militaire ; dans celles où la noblesse représentait l'essentiel de la réussite, il fallait obtenir un quartier de noblesse ; dans celles où la prêtrise était la marque de la réussite, on voulait devenir prêtre ou cardinal, ou pape ; dans les sociétés de rente, il fallait obtenir des terres et des titres ; dans les sociétés industrielles, il fallait entreprendre et réussir.

Aujourd'hui, le modèle de réussite semble être encore celui-là.

Quel sera le suivant ? Plaise au Ciel (ou à qui on voudra) que ce ne soit pas un modèle fondé une fois de plus sur la violence, le fanatisme, la cupidité ou l'obscurantisme. Et qu'il soit fondé enfin sur l'altruisme, l'empathie, le service des autres et des générations futures.

Répétez en boucle : « Capturons le carbone ! »

Caton terminait toutes ses lettres par « *Delenda Carthago est* », pour proclamer que rien n'était plus important que de détruire la ville ennemie. Voltaire terminait toutes les siennes par « Ecr. l'inf » pour : « Écraser l'infâme ! » Il voulait dire : pour en finir avec l'obscurantisme religieux, qu'il appelait « l'infâme ».

Je pense, parfois, à terminer tous mes messages par : « Capturons le carbone. » Parce que c'est l'enjeu principal.

Il y a mille façons d'y parvenir. Et c'est un enjeu infiniment passionnant. Ce devrait être le leitmotiv absolu à la fin de toute conversation, quel que soit le sujet dont on parle. Puisque la survie de l'humanité en dépend. Même si ce n'est pas le seul défi dont elle dépend.

« Capturons le carbone. » Ou encore : « CapCarb. »

De quoi le gaspillage alimentaire est-il le nom ?

On le sait, on le répète sans cesse, le gaspillage alimentaire est une catastrophe. Plus du tiers de la production alimentaire mondiale est perdue, d'une façon ou d'une autre, par la négligence et l'absence de logistique dans l'agriculture comme dans la transformation. Sait-on que ce gaspillage est utile à la croissance ? Parce qu'il pousse à davantage de production. Aussi voit-on apparaître des techniques d'incitation au gaspillage : plus la durée de vie officielle d'un produit est courte, plus on doit en jeter et donc en produire ; et on jette bien des produits non périmés parce que leur date de péremption officielle l'exige, alors que l'on pourrait encore les consommer pendant longtemps. Nos économies vivent du gaspillage. Éliminer le gaspillage exigerait donc de changer largement notre rapport aux gens et aux choses, en particulier à l'économie. Pour faire en sorte que notre société n'ait plus intérêt au gaspillage.

Quelle est la meilleure façon de dire « non » ?

Alors que j'interrogeais un jour, à la fin de sa vie, l'écrivain et académicien Jean d'Ormesson sur ce qu'il avait eu le plus de mal à faire et à apprendre, il avait un peu réfléchi et m'avait répondu : « Je crois que ce que j'ai eu le plus de mal à apprendre et à faire, c'est à dire non. »

La plupart d'entre nous, moi y compris, ont, comme lui, beaucoup de mal à dire non : confronté à une demande pressante que l'on devrait refuser, ou à une demande séduisante que l'on sait que l'on n'aura pas le temps de satisfaire, on finit par dire oui et par promettre qu'on le fera. Puis, quand on se rend compte que l'on aurait vraiment dû dire non, on grogne et on fait quand même ; nécessairement mal ; ou bien on trouve la force de dire non au dernier moment ; vexant les auteurs de l'invitation, les mettant dans une situation impossible dont on souffre soi-même. On devient alors celui qui vit de caprice et ne tient pas sa parole.

Cela renvoie à bien d'autres enjeux, liés à la difficulté d'affronter un conflit, à la peur de faire de la peine, au choix de céder plutôt que de s'opposer ; et, in fine, à l'attitude face à tous les rapports de pouvoir.

Dire « non » est un acte de liberté. On se sent infiniment mieux quand on a eu le courage de dire non tout de suite. En donnant une raison honorable, même si ce n'est pas la vraie.

La meilleure façon de dire « non », c'est donc de dire « non », le plus clairement, le plus tôt, le plus simplement, le plus rapidement possible. Ni « peut-être ». Ni « on verra ». Non, c'est « non ».

Qui manifeste aujourd'hui, et contre quoi ?

Qui manifeste aujourd'hui contre les massacres de centaines de milliers de gens au Congo depuis tant d'années ? Qui manifeste pour les Yéménites ? Pour les Soudanais ? Pour les Éthiopiens ? Pour les centaines de milliers d'Afghans renvoyés du Pakistan vers l'enfer de leur pays d'origine ? Pour les Birmans sous la tutelle d'une dictature épouvantable ? Pour les Ouïgours massacrés, écrasés dans le pays qui les occupe ? Qui manifeste pour tant d'autres sujets qui mériteraient de recevoir l'attention de tous les étudiants du monde, et qui ne la reçoivent pas ? Personne, ou très peu de gens. Sans doute parce que les manifestations d'aujourd'hui parlent en fait d'autre chose ; et aussi justifiées soient-elles parfois, elles renvoient à d'autres exigences, d'autres fantasmes, depuis si longtemps présents dans l'histoire humaine, dont la haine de la raison et de l'excellence. Et quand les porteurs de ce message d'excellence et de raison se font eux-mêmes auteurs des crimes voisins de ceux dont ils furent les victimes, ils fournissent des prétextes à la haine de leurs adversaires. La haine symétrique.

Faut-il accepter, ou même encourager, le changement de genre ou de sexe ?

Parmi les réalités de la condition humaine, si souvent censurées pendant des siècles, en particulier dans les civilisations monothéistes, il y a la distinction entre l'appartenance à un genre (qui peut résulter d'un choix culturel et personnel) et l'appartenance à un sexe (qui est une réalité biologique).

La libération des mœurs amène à faire resurgir cette question, maintenue comme un ballon au fond de la piscine : bien des gens aujourd'hui, beaucoup plus qu'on ne le croit, surtout parmi la jeunesse, revendiquent d'être autre chose que ce que la biologie les a assignés à être. Être d'un genre différent de leur sexe.

Bien plus de gens qu'on ne le croit désirent même changer de sexe, pour l'aligner avec leur genre, ou ne pas en avoir.

Cela renvoie au grand désir de l'adolescence de refuser toute assignation, sociale, religieuse, politique, sexuelle. Au désir de chacun de devenir soi, sans référence à ce que les autres, y compris la nature, ont voulu que l'on soit.

Le changement de genre ne suppose que sa décision personnelle et son acceptation sociale. Le changement de sexe, lui, suppose des mutations majeures de nature physique. En trois étapes : bloquer son évolution biologique naturelle vers l'affirmation de son sexe ; puis réorienter son évolution biologique vers l'autre sexe (deux étapes qui ne supposent que des opérations chimiques) ; puis vient la troisième étape, la transformation chirurgicale du corps, qui, à la différence des deux premières, est pratiquement irréversible.

Les changements de genre et les deux premières étapes du changement de sexe sont réversibles et peuvent être acceptés beaucoup plus facilement que la dernière étape du changement de sexe, irréversible. Car, comme en tout, il est plus facile d'accepter les changements réversibles.

Il n'empêche : la possibilité de choisir d'être autre chose que ce que la nature vous assigne à être est l'une des grandes spécificités de l'être humain, qui, à la différence des autres espèces, affirme ainsi haut et fort sa liberté.

La raison et la foi sont-elles nécessairement contradictoires ?

Peut-on croire en Dieu sans admettre que le monde a été créé en sept jours ? Peut-on faire confiance à la science tout en ayant foi en la résurrection de Jésus, en la montée au Ciel du Prophète, ou en la séparation des eaux de la mer Rouge par le bâton de Moïse ? La croyance en Dieu impose-t-elle de nier la vérité scientifique ? La croyance en la vérité scientifique impose-t-elle de ne pas croire en Dieu ?

Ce débat entre la raison et la foi, présent depuis au moins deux mille ans, est encore aujourd'hui très actuel ; il ralentit la modernisation de nombreuses sociétés, même s'il aurait trouvé une réponse définitive dès le XIIe siècle, dans une ville d'Europe, Cordoue, alors la plus grande ville du continent, où les juifs et les musulmans vivaient en harmonie relative, sous domination musulmane. Un grand penseur musulman espagnol de l'époque a alors écrit une phrase qui déclencha un peu plus tard l'évolution de toute l'Europe chrétienne vers les Lumières et qui résonne encore aujourd'hui : « La vérité ne saurait contredire la vérité, elle en porte témoignage. » Ce qui veut dire que la science aura beau avancer autant qu'elle le voudra, découvrir autant de choses qu'elle le pourra, établir par exemple que la Terre est ronde et n'est pas au centre de l'Univers, que le Soleil ne l'est pas non plus, qu'il y a peut-être 1 000 milliards de galaxies, peut-être des milliards d'univers, la science laissera toujours une place à la foi pour ceux qui voudraient garder cette espérance. Ce grand penseur se nommait Ibn Rushd, qu'on appelle aujourd'hui en Europe Averroès. Il dialoguait alors avec un autre très grand penseur, juif, Maïmonide, qui vivait dans cette même ville où, disait-on, on parlait en arabe, on pensait en grec et on priait en hébreu. Un peu plus tard, des traducteurs juifs firent passer les savoirs grecs, et en particulier les textes d'Aristote, conservés par des musulmans, vers l'Europe chrétienne.

Il ne faudra pas l'oublier ; la foi n'empêche pas la modernité ; la modernité n'a rien à craindre de la pratique privée de la foi. À condition que la foi accepte de n'être qu'une croyance personnelle tandis que la science est, elle, une vérité universelle.

Savez-vous ce qu'est le neuromarketing ?

Savez-vous ce qu'est le neuromarketing ? Peut-être pas. Et pourtant vous êtes (nous sommes) sans cesse influencés par lui. C'est une forme de publicité qui utilise le peu que l'on sait des neurosciences –

encore tout à fait balbutiantes – pour influer sur le comportement des consommateurs, en étudiant la meilleure façon de faire en sorte que le cerveau de celui qui regarde une publicité, un média ou un réseau social, soit placé en situation de manque et de désir ; et qu'il soit ainsi poussé à consommer le produit mis en avant.

On connaît maintenant, ou plutôt on croit connaître, les déterminants essentiels du désir de consommer : la volonté d'appartenir à un groupe ; autrement dit la peur de manquer quelque chose que les autres ont (qu'on nomme le *fear of missing out* (FOMO)). Ces peurs et ces désirs créent des addictions qui peuvent devenir bien pires que les addictions chimiques, et entraîner des réactions physiques très réelles.

On en arrive même à savoir comment provoquer une telle souffrance (une peur de manquer ou d'être exclu d'un groupe) que seul vient provisoirement interrompre un acte d'achat ; une grande partie de la consommation tient en effet à la peur d'être exclu.

Peut-on apprendre à écrire un roman ?

Chaque écrivain a sa méthode. J'aime beaucoup la réponse que fit un jour le grand philosophe français trop oublié Alain (de son vrai nom Émile-Auguste Chartier) à un écrivain alors inconnu, qui devint ensuite célèbre pour être à son tour, lui aussi, aujourd'hui injustement oublié : André Maurois (de son vrai nom Émile Herzog). « Vous voulez apprendre à écrire ? lui dit Alain, recopiez *La Chartreuse de Parme*. Il vous faudra cent soixante-dix heures. » J'aime beaucoup cette réponse.

Bien sûr, il est impossible d'imaginer que qui que ce soit, pour apprendre à écrire un roman, ou des SMS ou des e-mails, puisse se lancer aujourd'hui dans le recopiage intégral de *La Chartreuse de Parme*.

Au moins lisez ce roman en entier et recopiez-en quelques pages, cela ne sera pas inutile : vous y apprendrez l'art de la simplicité, de la rigueur, de la justesse, de la métaphore éblouissante, de ce que la surprise doit contenir d'inimaginable et en même temps d'évident, de la description des personnages et des paysages, du récit enfin et surtout.

On peut faire la même chose avec quelques autres livres ; pas très nombreux.

Il n'y a rien de plus important que de connaître à fond les chefs-d'œuvre de la littérature mondiale pour découvrir ce qu'il y a de plus profond, d'original en soi-même.

Bonne lecture. Bonne écriture.

Le divertissement peut-il être un moyen d'éveiller les consciences ?

Blaise Pascal avait bien montré combien le divertissement était un moyen d'éloigner les hommes de toute pensée sérieuse, et en particulier de toute réflexion sur la mort. Pourtant, bien des formes d'activités proches du divertissement peuvent provoquer un éveil de conscience. C'est le cas de l'art, sous toutes ses formes : la littérature, le cinéma, l'art contemporain, la peinture, la sculpture, la musique et la chanson sont autant de façons, parfois, d'éveiller les consciences en appelant à la découverte du meilleur de soi-même et du sublime.

Si l'on veut que l'humanité prenne conscience d'elle-même et de ce qui la menace, il est très important de faire en sorte que toutes les activités humaines, même les plus ludiques, deviennent des occasions de maîtriser les enjeux de notre temps et d'en tirer des moyens d'agir. Le jeu, qui occupe depuis toujours une partie importante de l'activité humaine, et en particulier les jeux vidéo, qui occupent désormais une partie croissante du temps des adolescents, peuvent aussi devenir de telles occasions.

On peut en effet imaginer des jeux poussant à réfléchir aux enjeux du monde ; à la nécessité de maîtriser la violence, de vivre en harmonie avec la nature. Il en existe déjà. Ils ont moins d'impact et de succès, pour le moment, que les jeux les plus violents. C'est un enjeu majeur que de découvrir des moyens de plaire en éveillant les consciences. Jouer à agir. Jouer en agissant. Agir en jouant.

Qu'est-ce que le propre de l'homme ?

On a donné bien des réponses à cette question : le rire, l'art, la conscience, les rites funéraires. À chaque fois, on a trouvé des contre-exemples, dans le règne végétal ou animal, démontrant qu'une autre espèce vivante possédait les mêmes caractéristiques.

Il existe une autre réponse bien plus inquiétante : l'être humain serait la seule espèce capable de décider de se suicider. Si certains experts fournissent des exemples (très contestés) de suicides d'animaux, on n'a pas d'exemple avéré de suicide collectif d'une espèce animale en tant que telle. Il semble que l'espèce humaine soit, elle, la seule capable de se suicider en tant qu'espèce.

Si bien des civilisations se sont suicidées, on pourrait penser que le suicide de l'espèce humaine, dans son ensemble, est aussi en marche, étant donné son comportement désastreux vis-à-vis du reste du vivant et sa décision d'accumuler plus d'armes qu'il ne lui en faudrait pour s'autodétruire. Ce suicide n'est pas nécessairement lucide ni souhaité. Il n'empêche que tout se passe comme s'il l'était.

Pour autant, cette capacité autodestructrice n'est pas la seule spécificité de l'être humain. Elle a aussi, à la différence des autres espèces animales, la capacité de dépasser les exigences de sa seule survie, de découvrir ce qui est au-delà d'elle-même.

La dialectique entre la fascination de l'humanité pour l'autodestruction et celle qu'elle a tout autant pour l'autodépassement détermine ce qui nous attend.

Les cinq clés du bien-vivre ensemble

S'il est un sujet que j'aborde à de nombreuses reprises, directement ou indirectement, c'est la question du vivre-ensemble. Vivre ensemble, c'est vivre avec les différentes dimensions de nous-mêmes (le conscient et l'inconscient, le physique et le spirituel, le masculin et le féminin). C'est aussi vivre avec l'autre et les autres, en famille, à l'école, à l'université, au travail, dans son quartier, avec différentes communautés qui se côtoient et échangent, dans un pays, dans le monde ; et également vivre avec la nature et avec l'univers. Ces sujets peuvent paraître extraordinairement différents. Et pourtant, ils renvoient tous aux cinq mêmes principes qui conditionnent le vivre-ensemble.

Cinq principes que beaucoup confondent et qui exigent des efforts différents : premièrement, chercher à connaître l'autre, même si l'autre, c'est soi-même. Deuxièmement, faire tous les efforts pour le comprendre. Troisièmement, le respecter. Quatrièmement, l'estimer. Cinquièmement, construire avec elle ou lui un projet (en parlant de projet je ne parle pas ici d'amour, qui renvoie à bien d'autres choses qu'un projet).

Il n'y a pas de bien vivre ensemble, dans une famille, une entreprise, une ville, un pays, une société civilisée, une humanité réconciliée avec la nature, qui ne passe par le respect de ces cinq principes.

Commençons par nous les appliquer à nous-mêmes pour bien vivre avec nous-mêmes.

Éloge de la sieste ultracourte

Savez-vous ce qui rapprochait Thomas Edison et Albert Einstein, ces deux grands savants partiellement contemporains du début du XXe siècle ?

Thomas Edison, bricoleur de génie, co-inventeur de la lampe à incandescence et de bien d'autres technologies façonnant le XXe siècle. Albert Einstein, immense théoricien qui, lui, a fourni la clé d'une nouvelle compréhension de la nature, de la matière et du monde. L'un comme l'autre pour le meilleur et pour le pire, dans des univers si différents.

Et pourtant, ils avaient quelque chose en commun, sans le savoir : ils affectionnaient les siestes ultracourtes. L'un s'installait dans un fauteuil très dur et se réveillait au bout de quelques secondes. L'autre plaçait dans ses deux mains une petite bille d'acier qu'il lâchait dès qu'il s'endormait, se réveillant par le bruit du choc de la bille sur le sol.

Pourquoi se livraient-ils à cette pratique ? Parce qu'ils avaient empiriquement constaté que le réveil d'une sieste ultracourte ouvre un espace de créativité maximale, où tout ce qu'ils avaient pu penser obscurément par ailleurs s'éclairait. La sieste ultracourte comme mode d'accès à la créativité du cerveau. Un livre récent du professeur Raphaël Gaillard met en lumière cette importance extrême du sommeil bref dans la créativité. Ce qui n'empêche pas de rappeler aussi l'importance d'une vraie sieste quotidienne de vingt minutes, tant pour la créativité que pour la santé. La sieste, si décriée à tort. Vitale.

Combien de connaissances faut-il abandonner à la machine ?

Le grand philosophe autrichien Ludwig Wittgenstein disait que les limites de notre langage sont les limites de notre monde et que nous avons intérêt à parler le plus de langues possible, parce que l'on comprend beaucoup mieux les gens quand on s'exprime dans leur langue. De plus, on sait aujourd'hui que le cerveau se développe davantage lorsque l'on est capable de se placer dans un autre état d'esprit que celui qui nous vient naturellement.

La connaissance de langues permet de développer l'empathie. Elle est si essentielle que l'on a même fait un lien entre les nombreuses langues parlées par les grands artistes et la faiblesse créative de ceux qui restent enfermés dans la leur.

Sans doute faut-il s'inquiéter de voir l'intelligence artificielle, capable de tout traduire en direct, nous priver de cette nécessité et nous enfermer bientôt dans notre propre langue.

Plus généralement, l'intelligence artificielle pourrait engourdir les moyens de notre cerveau. Il y a longtemps que nous n'avons plus besoin de savoir compter : les machines à calculer existent depuis des siècles. Nous n'avons plus besoin non plus de savoir écrire puisque l'on peut dicter nos propos à des machines. Nous n'avons plus besoin de savoir lire puisque des machines peuvent nous dire ce qu'elles lisent à notre place. Nous n'aurons bientôt plus besoin d'apprendre des langues étrangères. Nous aurons, grâce à l'intelligence artificielle, encore moins besoin de nourrir notre cerveau de connaissances et de raisonnements que l'on pourra trouver sur l'ensemble des bases de données. L'intelligence artificielle pensera pour nous, raisonnera pour nous, écrira pour nous de la musique, des romans, des films. Bientôt, notre cerveau n'aura plus besoin de se développer pour communiquer avec le reste du monde. Comment communiquera-t-il s'il n'est pas développé ?

Je veux croire que l'intelligence artificielle nous apportera surtout des occasions de développer notre cerveau, de nous débarrasser de tâches que l'on pouvait croire essentielles et qui ne le sont pas ; qu'elle prendra à sa charge la mémoire des savoirs du passé, pour laisser aux humains le soin de résoudre les problèmes nouveaux que des bases de données n'auront jamais rencontrés ; ce n'est pas l'intelligence artificielle qui va empêcher le réchauffement climatique. Ce n'est pas l'intelligence artificielle qui empêchera les guerres. Ce n'est pas l'intelligence artificielle qui nous fera sortir de l'obscurantisme et de la dictature.

Au Moyen Âge, quand est apparue l'imprimerie, on a cru que le cerveau allait s'engourdir à jamais parce que l'imprimerie allait rendre les livres si faciles à obtenir que l'apprentissage par cœur d'un texte ne serait plus nécessaire. Il n'en fut rien. On a su faire de l'imprimerie un assistant et non un maître.

C'est le même défi aujourd'hui. Il faut lutter contre l'engourdissement du cerveau par l'intelligence artificielle, en la mettant au service d'une démultiplication des moyens du cerveau.

Faut-il redouter l'ennui ?

Tout est fait dans nos sociétés pour chasser l'ennui, pour le considérer comme un ennemi. On n'a pas un instant de libre et, quand on en a, on l'occupe par le travail, la consommation, le shopping, les réseaux sociaux, des conversations, des jeux de société, et bien d'autres choses. Chaque seconde nous attire vers ce qui vient sur notre téléphone, sur notre ordinateur et vers mille sollicitations marchandes ou non, directes ou indirectes.

Alors que chacun sait bien, s'il en a fait l'expérience, que l'ennui est un territoire extraordinairement ouvert, dans lequel l'esprit peut vagabonder et découvrir des choses nouvelles, imaginer, inventer, fantasmer, créer, retrouver. C'est dans l'ennui que l'on se pose les plus profondes questions. C'est dans l'ennui que l'on peut le moins se fuir soi-même.

L'ennui, s'il est ainsi valorisé et non pas combattu, devient l'ennemi de la consommation et donc du capitalisme. Comme le sont le temps libre, la gratuité, le repas et la conversation.

Étrangement, paradoxalement, magnifiquement, l'ennui et la conversation sont ainsi alliés dans le combat pour la survie de ce que l'être humain a de meilleur : sa capacité à devenir lui-même.

Savez-vous ce qu'est une biographie hospitalière ?

Au moment où il est tellement question, en France et ailleurs, de fin de vie et de soins palliatifs, on devrait se préoccuper beaucoup plus de ce que chacun laisse comme souvenir de soi. Nombreux sont ceux qui se désolent, des années après que leurs parents, leurs amis soient partis sans avoir partagé leurs souvenirs, leurs secrets, les leçons qu'ils tiraient de leur vie.

La « biographie hospitalière » (cette expérience si passionnante lancée depuis longtemps par Valéria Milewski et celles et ceux qui l'entourent) répond à ce désarroi. Elle mérite d'avoir une place bien plus importante dans les services hospitaliers. Elle propose à ceux qui pensent que leur vie va s'achever dans les mois qui viennent de raconter leur vie à quelqu'un dont le métier est de la transcrire scrupuleusement, pour en laisser une trace écrite, sous forme d'un petit livre destiné à la seule famille et aux amis désignés par l'auteur. Ces livres ne sont remis aux proches qu'un an après la mort de la personne qui les a dictés ou écrits. Ils permettent à ceux qui partent de mettre en forme leur histoire, de révéler des secrets et de les transmettre. C'est une forme voisine du « livre de raison » (ces journaux intimes, transmis de génération en génération, dans lequel chaque chef de famille écrivait quelques pages pour transmettre l'essentiel de son histoire à son principal héritier), comme il en existait au Moyen Âge dans beaucoup de pays, en particulier en France et au Japon.

Cette transmission est essentielle. Elle a de formidables vertus thérapeutiques et consolatoires. Elle mérite d'avoir une vraie place reconnue à l'intérieur des systèmes hospitaliers et surtout dans les services de soins palliatifs. Elle aide à donner du sens à la vie.

Les dangers de « l'inversion accusatoire »

La rhétorique est une science essentielle. C'est celle qui consiste à organiser, à penser, à imaginer toutes les méthodes nécessaires à la tenue d'un discours convaincant. Une des 80 formules de rhétorique usuellement répertoriées est nommée « inversion accusatoire ». Elle consiste, pour essayer de contrer une accusation, à attribuer à la victime le rôle de coupable. Par exemple, dire à quelqu'un qui est victime d'un acte sexuel déplacé ou tragique qu'il en est responsable par son attitude ou sa tenue ; dire à un peuple qui a été victime de génocide qu'il est lui-même génocidaire ; accuser de plagiat quelqu'un qui a été plagié. C'est faire ce que les enfants expriment parfaitement par cette formule très simple : « C'est celui qui le dit qui l'est. »

Parfois, elle est justifiée, quand le fait d'avoir été victime pousse à devenir tortionnaire ; comme on le constate avec les enfants martyrisés maltraitant à leur tour leurs parents.

Par cette figure de rhétorique, on en arrive à détourner l'Histoire, à oublier la logique et l'enchaînement des causalités.

Pourquoi la plupart des êtres vivants sont-ils symétriques ?

Vous avez sûrement remarqué que les êtres vivants sont presque tous à peu près symétriques. La plupart des poissons, des animaux, des végétaux, des êtres humains le sont. Il y a quatre raisons à ça :

La première, c'est que la symétrie facilite le développement embryonnaire, en permettant une répétition du processus de reproduction et de développement des cellules adaptées à l'organisation naturelle.

La deuxième, c'est que cela permet un développement beaucoup plus facile après la naissance : on marche plus facilement si l'on a deux pieds symétriques ; on nage plus facilement si on a des nageoires symétriques ; on fonctionne plus facilement avec deux bras ou quatre pattes s'ils sont symétriques.

La troisième raison, c'est qu'un développement symétrique permet d'être plus facilement aux aguets à gauche comme à droite, devant et derrière, créant les conditions d'une meilleure survie.

Enfin, la symétrie est nécessaire à l'équilibre.

Alors que le surgissement de la nouveauté est dans la rupture, donc dans l'asymétrie, la durée est dans la symétrie. Voilà pourquoi les êtres vivants ne sont qu'approximativement symétriques.

Le stress est-il une forme d'addiction ?

Le stress est-il une forme d'addiction ? A priori non. Et pour autant, il produit dans le cerveau humain de l'adrénaline et d'autres hormones particulières, comme le cortisol, qui créent un sentiment de plaisir. Une personne qui se trouve souvent en situation de stress finit par remarquer la corrélation entre son stress et cette sensation de plaisir ; elle va alors chercher à créer les conditions nécessaires pour pouvoir en bénéficier : par l'angoisse, par la tension au travail, par la dispute avec ses proches, par l'angoisse climatique ou par tout autre moyen. Le stress devient alors une forme de dépendance dont souffre celui qui l'a produit pour lui-même ; ceux qui l'entourent en sont atteints par contagion.

Il est pourtant possible d'obtenir les mêmes sensations de plaisir par d'autres moyens, comme la gratitude, l'admiration, l'émerveillement. On en reparlera.

« Il n'est rien de plus dangereux que de tolérer l'intolérance »

« Il n'est rien de plus dangereux que de tolérer l'intolérance. » Cette phrase si simple, si forte est d'un philosophe des Lumières trop négligé (parce qu'il n'est pas considéré, à tort, comme aussi important que Diderot, Voltaire et Rousseau) : Claude-Adrien Helvétius.

Helvétius écrivit deux grands livres (*De l'Esprit* et *De l'Homme*). Sa femme, Anne-Catherine de Ligniville, réunissait dans son salon l'essentiel des grands hommes du XVIIIe siècle français, anglais, américains (Benjamin Franklin la demanda en mariage) et leur permit ainsi d'échanger librement et de construire la pensée des Lumières.

La phrase d'Helvétius mérite que l'on s'y arrête. Rien, en effet, n'est plus important que de ne pas accepter l'intolérance. Alors qu'aujourd'hui, tant dans le domaine religieux que dans le domaine idéologique et politique, l'intolérance occupe une place croissante, dans les dictatures comme dans les démocraties. On la tolère, on l'admet même comme une attitude respectable : si un religieux est intolérant, on admire sa foi. Si un politicien l'est, on admire son intégrité et ses convictions. Dans les partis politiques, sur les réseaux sociaux, dans les conversations entre amis et parents, on tolère l'intolérance.

C'est pourtant nier l'un des fondements de toute société civilisée : bien des choses peuvent être tolérées, mais pas, justement, ce qui nie le devoir de tolérer une pensée différente de la vôtre. De considérer que l'autre peut avoir raison.

« Il n'est rien de plus dangereux que de tolérer l'intolérance. » Il est urgent d'utiliser cette phrase comme un instrument de combat.

Savez-vous qui est celui dont votre rue porte le nom ?

Connaissez-vous l'histoire du personnage dont votre rue porte le nom ? Je suis souvent surpris de voir que la plupart des gens n'ont pas la curiosité de chercher la réponse à cette question.

Cette alliance entre histoire et géographie au niveau le plus modeste, c'est-à-dire celui de la rue dans laquelle on vit, on travaille, où l'on va, est pourtant essentielle pour comprendre ce que nous sommes, car nous sommes faits d'histoire et de géographie.

Parfois, on y découvre des noms de personnages devenus infréquentables au regard de ce que l'on a découvert sur eux, ou du changement de mœurs.

Parfois aussi, on y lit le nom de gens totalement inconnus, qui ne mériteraient pas d'être ainsi célébrés, ou en tout cas beaucoup moins que des personnages extraordinaires qui n'ont pas de rue à leur nom, ou qui, par mesquine vengeance politicienne, n'ont qu'une impasse, une petite rue, ou même une voie sur berge où il ne peut y avoir aucun numéro.

Vous devinez laquelle ?

Le pays le plus envié par les étrangers et le plus critiqué par ses habitants : la France

S'il est un pays à la fois admiré, respecté, jalousé, envié par la plupart des habitants du monde et en même temps critiqué, détesté, méprisé, mal aimé par beaucoup de ceux qui y vivent, c'est bien la France.

La plupart des étrangers qui viennent y vivre, y travailler ou en touristes, ou qui rêvent d'y venir, considèrent ce pays comme le plus beau pays du monde. On envie sa sécurité, sa démocratie, la qualité de ses services publics, l'extraordinaire manne de transferts sociaux qui, bon an mal an, compensent une large partie des injustices qui y existent encore. Au contraire, beaucoup de Français, sinon tous, ont de bonnes raisons de penser que la France souffre encore d'énormes problèmes d'infrastructures, de services publics, d'inégalités, de saccage de la nature, de respect de la vie commune, de faiblesse de sa démocratie.

Tout habitant de la France devrait prendre conscience de son extraordinaire privilège ; il devrait en être fier, tout faire pour protéger ce pays, pour le respecter, le réparer, le tenir propre, le développer, le mettre en valeur. Il devrait faire en sorte que sa langue et sa culture se nourrissent de tout ce qui vient de l'extérieur, tout en préservant ce qui en fait, depuis quinze siècles au moins, le plus beau pays du monde aux yeux des autres.

Avoir de la gratitude à l'égard des générations précédentes, qui l'ont construit, le préserver pour les suivantes, serait la moindre des choses.

Pourquoi les religions, qui font toutes l'apologie de la non-violence, servent-elles si souvent de justification aux pires massacres ?

Toutes les religions (monothéistes comme polythéistes) font l'apologie de la non-violence et on retrouve dans chacune d'elles l'équivalent des fameux textes bibliques : « Tu ne tueras point » et « Tu aimeras ton prochain comme toi-même. » Pourtant, elles sont toutes devenues, à un moment ou à un autre, dans un lieu ou dans un autre, des instruments au service du mal. Pourquoi a-t-on assassiné tant de gens au nom d'un Dieu ou d'une religion qui recommandent exactement le contraire ?

Toute religion, une fois qu'elle est installée, n'est plus seulement une façon de relier les humains au divin. Elle devient une idéologie prosélyte accrochée à une terre alors que seul devrait compter leur livre sacré. Les hommes en font un instrument de domination sur les femmes. Ils se donnent le droit de tuer les non-croyants ou les mal-croyants, alors que la religion dont ils prétendent être les porte-parole recommande, supplie même, de faire de la non-violence le principe de toute organisation sociale.

Si l'on veut donner aux religions une chance de survivre dans un monde de droit, de liberté et de tolérance, il faudrait en revenir à ceux des textes sacrés qui, partout, prônent la non-violence, le respect des croyances des autres et le partage équitable du pouvoir entre les femmes et les hommes.

Savez-vous ce qu'est la logothérapie ?

Le grand psychiatre autrichien Viktor Frankl, qui traversa la guerre d'abord à Vienne, puis à Auschwitz, d'où il sortit vivant, expliqua ensuite qu'une des raisons de sa survie était qu'il n'avait jamais cessé de réfléchir, même aux pires moments, à ce qu'il ferait après la guerre. Il n'avait jamais cessé en particulier de développer un projet pour une vie à venir ; car, pensait-il, la vie ne pouvait pas se résumer à la monstrueuse absurdité qu'il traversait. Il en a développé une théorie selon laquelle la condition même de la survie doit être de donner du sens à la vie, et non pas, comme le prétend

Freud, de trouver du plaisir, ou, comme pour d'autres, d'y rechercher de la puissance.

Je trouve cette théorie très intéressante. Attachons-nous à choisir un tel projet, à donner du sens à l'absurde réalité humaine et à nous battre pour créer les conditions nécessaires à la réalisation de ce projet. Naturellement, les circonstances matérielles, médicales, sociales, familiales, politiques peuvent bousculer cela et rendre vain tout projet. Il n'empêche : sans projet, on a toutes les chances que la vie reste absurde et courte.

Devons-nous accepter de subir la tyrannie des consommateurs ?

Nous sommes à la fois des électeurs, des consommateurs, des travailleurs, des épargnants, des enfants, des parents, des amis. Et bien d'autres choses. Toutes ces dimensions peuvent être cohérentes ou contradictoires. Une de ces dimensions l'emporte sur toutes les autres : nous sommes tous des consommateurs. Tous les électeurs sont des consommateurs alors que moins d'un tiers des électeurs sont des travailleurs, moins de la moitié sont des parents et moins encore sont des épargnants. Il est donc tout à fait compréhensible qu'en démocratie le pouvoir politique attache plus d'importance aux besoins des consommateurs qu'à ceux des travailleurs, qui ne sont qu'une partie des électeurs. Ainsi s'explique l'installation en démocratie d'une tyrannie de la consommation, une tyrannie du marché, pour réduire au maximum les prix et protéger le pouvoir d'achat des consommateurs, oubliant que le consommateur ne peut l'être que s'il gagne sa vie comme travailleur. Et c'est ainsi par exemple que l'on a construit une Union européenne beaucoup plus favorable aux consommateurs qu'aux travailleurs. C'est aussi vrai des dictatures, qui doivent veiller à satisfaire d'abord les besoins de leurs sujets.

De même, en négligeant la dimension de parent et d'épargnant, on oublie qu'il est essentiel de préparer les générations futures.

Ne pas céder à la tyrannie du consommateur, faire valoir au moins sept dimensions de nous-mêmes (travailleur, consommateur, citoyen, épargnant, enfant, parent, ami), et bien d'autres, est essentiel à l'avènement d'une société harmonieuse, donc durable.

Ayez le réflexe de chercher toujours ailleurs les meilleures pratiques

Quand on imagine des réformes, tant dans sa vie personnelle que dans la vie d'une entreprise, d'une collectivité ou d'un pays, on oublie trop souvent de se poser une question simple : que font les autres ? Y a-t-il des précédents, hier et aujourd'hui, ici ou ailleurs, qui peuvent m'être utiles ? Si l'on veut, par exemple, savoir comment rechercher la sérénité, il y a plein d'exemples à chercher dans des méthodes pratiquées ailleurs, en particulier au Japon. Si un gouvernement veut réformer l'enseignement des mathématiques, il est essentiel de savoir que le pays où on les enseigne le mieux est Singapour. Si l'on veut tenter de rendre les enfants plus heureux à l'école, on doit se demander quel est le système d'éducation dans lequel les enfants sont les plus heureux. Il se trouve que c'est la Finlande. Si l'on veut savoir ce que l'on peut faire de mieux en matière de planification urbaine, de sécurité, d'environnement, de gestion du parc immobilier, de circulation, de confort pour les femmes ou les enfants, il faut observer ce qui se passe à Zurich, à Barcelone, à Londres, à Munich et dans bien d'autres villes. Enfin, il est bon de chercher à comprendre pourquoi l'Italie semble être le pays où les adolescents se suicident le moins.

Rechercher ailleurs les meilleures pratiques est un réflexe qu'il convient d'avoir en tout. Il y a près de huit milliards d'habitants sur la planète. C'est bien le diable si quelqu'un, quelque part n'a pas mis en pratique quelques initiatives utiles à connaître pour résoudre votre problème. Regardez ailleurs, vous verrez, on apprend beaucoup.

Le capitalisme est-il responsable de tous les malheurs du monde ?

J'entends très souvent dénoncer le capitalisme comme responsable de tous les malheurs du monde : la destruction de la nature, les inégalités, le colonialisme. En fait, en disant cela, on mélange des concepts très différents : l'activité humaine, l'économie de marché et le capitalisme. L'activité humaine, c'est ce que l'humanité produit par son travail ; l'économie de marché, c'est la répartition par le marché de ces productions lorsqu'elles sont rares et individuelles ; le capitalisme, c'est l'appropriation privée des moyens de produire ces biens. Ce n'est pas le capitalisme qui détruit la nature, c'est l'activité humaine ; le capitalisme n'étant qu'une des formes de l'activité humaine, la plus récente et la plus démesurée. Ce n'est pas le capitalisme qui est la cause du colonialisme ou de l'esclavage (il y a eu des formes impitoyables d'esclavage dans des formes d'appropriation antérieures au capitalisme). Ce n'est pas le capitalisme qui créa la folie de la consommation, c'est l'économie de marché, forme quasiment unique aujourd'hui de répartition des biens rares à usage privé ; et il y a des économies de marché dans des pays où les détenteurs du capital sont publics ou sévèrement contrôlés par des dictateurs (par exemple en Chine, en Russie ou au Vietnam). Le capitalisme, défini par la propriété privée du capital et la liberté de son usage, a beaucoup de torts. Il faut le circonscrire, le limiter, l'inscrire dans une conception de long terme, redonner du sens au commun, au partage, à la vie collective, à la gratuité, limiter les activités capitalistes ou marchandes destructrices de la nature, donner à chacun les moyens d'accès aux biens produits. Aussi longtemps que l'on aura des biens rares, le partage de ces biens se fera par le marché ou le rationnement. Aussi longtemps qu'il y aura de la monnaie, il y aura des détenteurs du capital, qu'ils soient privés ou publics. Un jour viendra peut-être où la rareté aura disparu et où tout cela n'existera plus.

Un Parlement peut-il s'affranchir d'un traité international ?

Les traités ont-ils une valeur supérieure à la loi ? Peut-on, par une loi, décider de ne pas appliquer un traité ?

Beaucoup de gens dans tous les pays pensent que les citoyens ou les pouvoirs sont totalement souverains et qu'ils peuvent décider ce qu'ils veulent. Ce n'est pas le cas. Ni en France ni nulle part ailleurs, même pas dans les dictatures. Les citoyens ou les pouvoirs sont contraints par l'obligation d'obéir aux traités, à moins de décider de les abroger. On trouve cela dans les constitutions de presque tous les pays.

En France, l'article 55 de la Constitution et toute la jurisprudence de la Cour de cassation impliquent que la loi et les décrets doivent respecter les traités ; et en particulier les traités européens. Ne pas les respecter, faire ce que l'on veut sans tenir compte de ce qui a été décidé antérieurement par des traités entraîne, pour un gouvernement ou un parlement, un certain nombre de conséquences financières et juridiques. Par exemple, si un pays de l'Union européenne ne respecte pas les règles des traités, il peut être privé des financements qui lui seraient dus, ce qui s'est produit avec la Hongrie et la Pologne.

Les électeurs européens et leurs représentants ne peuvent donc pas décider n'importe quoi, ni dans une démocratie ni dans l'ensemble démocratique que constitue l'Union européenne, à moins de s'exclure de l'édifice. Il faudra se souvenir de cela dans les périodes qui viennent.

Pourquoi faut-il se souvenir de Sriwijaya ?

N'avez-vous jamais entendu parler de Sriwijaya ? Peut-être pas. Et pourtant, parmi les innombrables civilisations disparues (du fait de catastrophes naturelles, tsunamis, tremblements de terre, ou du fait de la violence et de la bêtise des hommes), Sriwijaya mérite que l'on s'y intéresse particulièrement.

Elle fut, entre le VIe et le XIe siècle de notre ère, la plus grande puissance économique du monde. Elle fit la jonction entre la Chine et le reste du monde, de la fin de l'Empire romain, au Ve siècle, jusqu'au retour de l'Europe, au XIe siècle, avec les grandes villes d'Ibérie, de Flandre et d'Italie – Cordoue, Venise, Bruges, Anvers, Gênes, Florence.

Située à peu près là où se trouve aujourd'hui Singapour, en un lieu qui reste crucial puisque c'est le principal point de passage des bateaux sur la planète, l'un des premiers ports et le premier aéroport du monde, Sriwijaya était une immense puissance commerciale, intellectuelle, marchande, politique. On en a très peu de traces, depuis qu'elle a sombré sous les coups de puissances voisines.

Il ne faudra jamais oublier ces sociétés si puissantes, aujourd'hui totalement disparues par la faute de ceux qui les dirigeaient, qui pensaient que leur démesure suffirait à leur assurer éternellement le pouvoir sans songer à préparer l'avenir.

Qu'est-ce que le cosmopolitisme ?

Qu'est-ce que le cosmopolitisme ? Cette notion est souvent dénigrée, comme désignant les partisans d'un métissage de différentes civilisations. Mais ce n'est pas le sens de ce mot.

Le « cosmopolitisme » apparaît en fait chez les stoïciens grecs comme l'idée que chaque homme doit à la fois défendre sa propre culture et en même temps ressentir qu'il appartient à une humanité beaucoup plus vaste que sa propre communauté.

Le cosmopolitisme, c'est donc l'opposé du multiculturalisme, qui pose en principe la juxtaposition de communautés indifférentes les unes aux autres.

Ce n'est pas non plus la fusion des peuples en un conglomérat unique, comme le sens s'en est dévoyé.

C'est être à la fois particulier et universel, passionné par sa propre culture et fier d'appartenir à l'humanité.

De fait, seules ont été grandes les villes, les nations et les civilisations cosmopolites, comprenant que leur intérêt était de s'ouvrir aux autres tout en défendant leur différence.

Les choses valent le temps qu'on a mis à gagner ce qu'elles coûtent

Les choses n'ont pas la même valeur pour tous. Elles valent le temps que chacun met à gagner ce qu'elles coûtent. Et ce temps n'est pas le même pour chacun. Si vous mettez cinq minutes pour gagner de quoi vous acheter un nouveau téléphone ou si cela vous coûte une journée de travail, le téléphone n'a pas la même valeur pour vous. Et vous pouvez alors juger différemment si acheter ce téléphone est le meilleur usage de votre temps.

Si l'on généralisait ce principe, on s'apercevrait qu'un grand nombre d'objets auxquels on attache de l'importance, qu'on convoite et paie très cher, valent en fait, à nos yeux, bien moins que le temps que l'on a mis à gagner de quoi les acheter.

On s'apercevra qu'il y a des objets ou des services qui nous prennent des jours, des mois, des années de travail qui, à nos yeux, en réalité, ne méritent pas un tel effort.

Cet exercice a d'autres conséquences. Il conduit à se poser la question : peut-on accepter de consacrer un grand nombre d'heures de vie à gagner de quoi acheter des biens et des services de l'économie de la mort, qui, par définition, raccourcissent la durée de la vie ?

Cette vision radicale changerait beaucoup de comportements, à la fois dans les luttes sociales et dans l'usage que l'on fait de son revenu, bouleversé par la prise de conscience de l'inanité de notre mode de vie.

Certaines années sont plus importantes que d'autres

Certaines années sont plus importantes que d'autres. Il faut pouvoir le comprendre avant qu'elles ne soient passées.

Par exemple, les années de 1908 à 1914 ont été absolument essentielles : tout était alors en place pour un XXe siècle très heureux. D'un point de vue technologique d'abord : le gramophone, l'électricité, l'éclairage, l'ascenseur, le moteur à explosion, l'automobile, l'avion étaient là. La géopolitique s'annonçait aussi heureuse puisque les empereurs d'Allemagne, de Russie et de Grande-Bretagne étaient cousins germains. Les femmes commençaient à obtenir le droit de vote. La démocratie progressait partout et la révolution de 1905 lui avait ouvert la voie en Russie. Les échanges commerciaux, économiques et intellectuels entre la Grande-Bretagne, la France et l'Allemagne étaient au plus haut. La décolonisation s'annonçait aussi. Et bien d'autres choses, qui font que l'on parle aujourd'hui de cette époque comme de la « Belle

Époque ». Et pourtant, 1914 vit éclater la Première Guerre mondiale et le XXe siècle fut un siècle de malheurs.

Ces cinq années, de 1908 à 1914, qui auraient pu déterminer un siècle heureux, ont en fait précédé un demi-siècle de catastrophes. Parce que, dans cette période, bien des erreurs ont été commises, nationalement et internationalement. Des erreurs parfaitement évitables, faisant exploser les contradictions que portaient en elles les promesses de l'avenir, en particulier entre démocraties et régimes autoritaires, entre sociétés ouvertes au progrès technique et défenseurs de l'ordre établi. Des contradictions que l'on aurait dû voir venir et résoudre à temps.

Nous sommes exactement dans la même situation pour le XXIe siècle : les cinq années allant de 2025 à 2029 détermineront très largement si le XXIe siècle sera un siècle heureux, avec toutes les technologies dont nous disposons, avec l'immense développement de l'idéologie de l'empathie, de l'altruisme, de l'économie de la vie, et avec la libération accélérée des femmes à travers le monde. En revanche, si les forces du mal exacerbent les contradictions propres aux bouleversements positifs qui s'annoncent, elles provoqueront un avenir dramatique. On peut encore l'éviter.

Faut-il parfois laisser s'effondrer une digue ?

Que faut-il faire quand des digues menacent de s'effondrer ? Se résigner ? Tout faire pour les renforcer ?

Certaines digues, défendant mal des territoires inutilement fermés, méritent de sauter. C'est le cas de celles qui imposent des contraintes aux femmes, dans tant de cultures. D'autres doivent être absolument renforcées parce qu'elles protègent des valeurs auxquelles on tient ; ou des villes. C'est le cas de celles qui protègent Amsterdam ou Venise ; ou qui nous protègent de la barbarie morale.

Le premier travail est de les distinguer. D'abord, il faut prendre conscience que si une digue s'effondre, c'est par notre choix, au moins implicitement ; parce qu'on l'a voulu, sans se l'avouer ; parce qu'on n'a pas été assez prévenant, prudent.

Aujourd'hui, bien des digues menacent de s'effondrer. Des digues morales, écologiques, sociales, politiques, partout dans le monde, et aussi des digues en chacun de nous, quand on se laisse aller à considérer que l'intolérable est tolérable.

Là sont d'ailleurs les digues principales : en nous. C'est là qu'il faut parfois les laisser s'effondrer, si l'on veut évoluer. C'est là aussi qu'il faut les défendre, quand elles sont essentielles à l'avenir.

Si on laisse s'effondrer une digue en nous-même, même sans l'avoir voulu, on ne peut la défendre ailleurs. Pensez-y.

Pourquoi les hommes politiques prennent-ils si souvent les électeurs pour des imbéciles ?

Pourquoi un parti d'extrême droite explique-t-il sans aucune vergogne qu'il va appliquer des mesures qu'il sait inapplicables ? Pourquoi un parti d'extrême gauche explique-t-il que son chef sera Premier ministre alors qu'il ne le sera évidemment jamais ? Pourquoi un candidat américain à la présidence, devenu Président ensuite, dit-il absolument n'importe quoi sur presque tous les sujets ? Pourquoi les hommes politiques, partout dans le monde, n'expliquent-ils pas à leurs concitoyens, sinon quand ils y sont acculés, la gravité de la situation de leur pays ? C'est ainsi qu'ils commettent leurs pires erreurs. Premier critère de choix, en politique comme ailleurs : ne jamais accepter d'être pris pour un imbécile. Par qui que ce soit. Les hommes politiques ont le plus grand mal à se convaincre de l'intelligence de leurs électeurs ; peut-être parce que, s'ils l'admettaient, ils ne dormiraient plus beaucoup…

Faut-il se laisser aller à la vengeance ?

Deux circonstances particulières m'amènent à penser aujourd'hui à la vengeance. La mort d'un ami, le très grand écrivain albanais Ismaïl Kadaré, dont l'œuvre littéraire (par exemple son roman *Qui a tué Doruntine ?*) est construite autour d'une réflexion sur la façon dont la vengeance structure les sociétés à travers le temps. Et le regain d'intérêt, par le cinéma, pour le très grand roman d'Alexandre Dumas, *Le Comte de Monte-Cristo*, lui aussi organisé autour du thème de la vengeance.

Tout ordre social suppose l'interdiction de la vengeance privée. Pourtant, elle est encore pratiquée partout aujourd'hui, entre individus, entre groupes sociaux, entre nations même : on se venge d'un coup reçu par un coup plus fort ou par un meurtre. On invente des raisons de se venger pour justifier ses crimes. On se venge des massacres que l'on a pu subir, ou on en invente pour en justifier d'autres.

Toutes les civilisations qui nous ont précédés, toutes les mythologies, toutes les religions (babylonienne, hindouiste, grecque, juive, chrétienne, musulmane) enseignent que la vengeance provoque toujours une réaction en chaîne, d'une génération à l'autre, pouvant entraîner la fin d'une civilisation. Elles enseignent aussi toutes que la vengeance la plus terrible adviendra des générations futures et de la nature, qui se vengeront contre le mal qu'on leur inflige. Il est très urgent d'y penser.

Éloge du silence

Peut-être le moment est-il venu de faire l'apologie du silence. Pas le silence qu'imposent les dictateurs, ceux qui veulent faire taire leur peuple ou leurs proches. Le silence volontaire de celui qui rentre librement en lui-même, réfléchit, installe un espace entre le monde et lui pour prendre le temps d'y trouver sa place. Ce silence est possible au travail, dans la vie familiale comme amicale. On peut l'imposer. Dans le respect de celui des autres.

Le silence est alors une façon de s'écouter soi-même, de se retrouver, de devenir soi.

Connaissez-vous les principaux responsables du dérèglement climatique ?

Il y a des données qu'il faut connaître. Cent compagnies pétrolières représentent, par leur production et l'usage qui en est fait ensuite, 70 % des émissions totales de gaz à effet de serre de la planète. Elles ont aussi totalisé, en 2024, 500 milliards de dollars de profit. Elles n'investissent que 1 % de ces profits dans des activités extérieures à l'énergie fossile. Et si on les tenait pour responsables des dommages que vont causer les émissions de gaz à effet de serre de leurs productions, elles devraient payer 5 000 milliards de dollars de réparation ou de compensation.

Ces données devraient suffire à créer les conditions d'une alliance mondiale, citoyenne et politique pour mettre fin à tout cela. Il n'en est rien. Presque personne ne veut entendre ces faits. Et ce n'est que l'une des folies du monde parmi beaucoup d'autres.

Du passé on ne retient que les bonnes nouvelles, et du présent que les mauvaises

Les neurosciences confirment un jugement de bon sens : du passé on ne retient que les bonnes nouvelles ; dans le présent on ne s'intéresse qu'aux mauvaises ; de l'avenir on espère qu'il ressemblera au passé et on redoute qu'il ne soit qu'une prolongation du présent.

Pour le passé, cela s'explique aisément : la mémoire tamise les souvenirs pour les rendre supportables et elle élimine les mauvais autant qu'elle le peut. Pour le présent, cela tient à ce qu'une bonne nouvelle ne conduit pas à changer d'attitude : l'être humain progresse en réagissant aux mauvaises nouvelles. Pas aux bonnes. Et les médias, comme tous les systèmes d'information, ont besoin d'attirer l'attention ; ils doivent donc matraquer les mauvaises nouvelles ; le pouvoir y trouve aussi son compte quand il peut s'exprimer sur ce qu'il fait ou va faire, pour rassurer.

Cette mise en avant des bonnes nouvelles du passé confortée par la prégnance des mauvaises nouvelles du présent pousse à un comportement réactionnaire, nostalgique ; cela conduit chacun, individuellement et collectivement, à un regard résigné sur l'avenir, fait de pessimisme et d'impuissance.

Pour y échapper, il n'y a qu'une solution : avoir un projet qui permette à la fois de se défaire du passé (qui n'était pas si bien que ça) et du présent (qui n'est pas si mal que ça) pour construire quelque chose de mieux encore.

Êtes-vous assez relâché ?

On ne dira jamais assez l'importance du relâchement. Regardez un athlète : avant de démarrer sa course, il relâche ses muscles. Regardez un athlète : avant de commencer un concert, il relâche ses mains. C'est vrai pour beaucoup d'autres d'activités humaines, même pour les activités intellectuelles, et plus généralement les activités créatrices. Après avoir consacré beaucoup d'efforts à apprendre, à accumuler des connaissances ou des pratiques, le relâchement permet à chaque chose de prendre sa place, au savoir accumulé de se recomposer et de venir nourrir la créativité, l'innovation des mains ou du cerveau.

Il n'y a pas de création artisanale, musicale, chorégraphique, artistique, sans relâchement. Y parvenir exige des techniques particulières.

Savez-vous ce qu'est l'adelphité ?

Il y a des mots que l'on ne peut plus utiliser parce qu'ils renvoient à des réalités historiques dépassées, suspectes, bannies par le mauvais usage que l'on en a fait. D'autres expressions sont bannies parce qu'elles renvoient trop précisément à une idéologie du passé. Par exemple, on ne peut plus parler de « droits de l'homme » et heureusement, on parle de « droits humains ».

Dans certains cas, c'est plus difficile : que faire, par exemple, du mot « fraternité », qui renvoie explicitement à un concept masculin ? Faudrait-il le remplacer par « sororité » ? J'aime bien plutôt le mot « adelphité », issu du mot grec renvoyant au fait d'appartenir à une communauté familiale, faite de frères et de sœurs. On pourrait donc utilement remplacer le mot « fraternité » par celui d'« adelphité ». Ce mot pourrait s'installer sans faire totalement disparaître les mots précédents qui renvoient à des réalités historiques profondes.

Se convaincre que l'on agira bien demain ne justifie pas d'agir mal aujourd'hui

Savez-vous ce qu'est la « procrastination écologique » ? Elle consiste à se prononcer fermement pour des réformes écologiques majeures tout en agissant soi-même d'une façon négligente. Cela s'explique aisément parce que l'on a pris parti pour des réformes radicales et que l'on a bonne conscience, on s'octroie quelques libertés, aggravant le problème que l'on est supposé résoudre. C'est là un biais très profond de la nature humaine, que l'on retrouve dans bien d'autres domaines.

Ainsi, on peut parler de « procrastination sociale » quand on s'affirme favorable à la suppression des privilèges tout en souhaitant conserver les siens. La procrastination est ainsi non seulement un prétexte à l'inaction, au report à plus tard d'une décision, mais aussi une incitation à faire aujourd'hui le pire parce qu'on se promet à soi-même de faire le mieux demain.

Rien n'est pire que d'avoir bonne conscience. Personne n'est plus menacé de mal agir que les avocats de la meilleure des causes.

Inanité. Vanité. Pensez-y.

Sommes-nous tous des « résignés-réclamants » ?

Rien n'est plus actuel à mon sens que ce concept de « résigné-réclamant » que j'avais développé il y a une dizaine d'années dans l'un de mes livres : *Devenir soi.* Un résigné-réclamant, c'est celui qui est résigné à ne pas changer le système social, à vivre toute sa vie dans la société comme elle est, et qui, cependant, à l'intérieur de cette société, réclame d'obtenir les miettes les plus grandes possible. C'est bien l'attitude générale des humains aujourd'hui.

On ne change pas une société en se contentant de réclamer quelques changements mineurs à l'intérieur d'un cadre immuable. On ne change pas non plus sa vie personnelle si on se contente de réclamer quelques avantages à l'intérieur des règles sociales du temps.

Quelques réformes mineures aux conséquences majeures

Il y a des réformes apparemment innocentes, légères, anecdotiques qui pourraient passer inaperçues ; alors que si elles étaient appliquées en grand, elles entraîneraient des conséquences systémiques absolument gigantesques.

En voici une : au Japon, dans certaines circonstances, un contribuable a le droit d'affecter chaque année une partie de ses impôts locaux au budget d'une autre commune que celle dans laquelle il vote.

Imaginez cela d'une façon plus générale, en France ou ailleurs, et de façon massive. On pourrait un jour dire : « Là où j'habite, c'est bien, mais il y a assez d'argent, alors que dans la commune d'à côté (ou dans une commune très lointaine où je vais en vacances, dans mon pays ou un autre), les infrastructures sont défaillantes, j'y connais des gens qui manquent de l'essentiel ; et cela me serait utile, ou me ferait plaisir, qu'ils y aient accès. Je leur accorde donc 10 % de mes impôts. » Peu de gens des petites communes alloueraient beaucoup d'argent aux grandes communes voisines ou lointaines ; pas mal de gens des grandes villes attribueraient des sommes significatives à un village, à un quartier de politique de la ville du voisinage ou à une commune d'un pays lointain qu'ils ont visité.

Cette réforme fiscale changerait beaucoup de choses dans la vitalité de territoires aujourd'hui désertés. Pour être attractifs, ces villes et villages délaissés pourraient être autorisés à faire connaître leurs besoins ailleurs que chez eux, à mener campagne dans les grandes villes.

Cette petite réforme, très simple, finirait par entraîner des conséquences considérables dans l'équilibre des territoires et réduirait vite la fracture géographique d'un pays.

S'entraîner à penser contre soi-même

Il est un exercice que je vous invite à pratiquer tous les jours : penser contre vous-même.

Si vous avez une opinion très tranchée sur un sujet, mettez-vous en face de vous-même et défendez l'argument inverse. Trouvez tous les arguments, de bonne et de mauvaise foi, contre votre propre point de vue.

Par exemple : vous êtes pour la légalisation de l'avortement ? Cherchez les arguments que défendront ceux qui sont contre. Les arguments sérieux. Pas les plus farfelus.

Vous êtes pour la protection des bassines écologiques rurales ? Mettez-vous de l'autre côté et pensez que les bassines sont un scandale écologique et qu'il faut les supprimer.

Vous êtes pour la retraite à soixante-six ans ? Essayez de défendre le point de vue selon lequel soixante ans, c'est déjà beaucoup trop.

Vous êtes antisioniste ? Essayez, pour un instant, de vous mettre du côté de ceux qui pensent qu'Israël a une raison d'être.

Effectuez cet exercice très régulièrement, quotidiennement même, en particulier chaque fois que vous avez un point de vue qui vous semble absolument irréfutable. Vous vous apercevrez qu'il y a presque toujours des arguments contre les vôtres.

Bien sûr, la « pensée contre » ne fonctionne pas dans tous les domaines : ainsi, on ne peut pas aisément penser contre soi-même et faire l'apologie du féminicide ou de la torture – encore que certains pourraient le faire sans trop de dégoût...

En dehors de certains sujets précis, contenus dans la Charte des droits humains des Nations unies et d'autres textes qui l'accompagnent et sont indiscutables, penser contre soi-même est un exercice extrêmement sain.

Je m'y emploie aussi souvent que possible.

On ne sait pas ce qu'on ne sait pas

Bien des sages ont répété, depuis la nuit des temps, cette phrase si simple et apparemment tautologique : « On ne sait pas ce qu'on ne sait pas. »

Si vous y réfléchissez bien, cette phrase n'est pas du tout banale ; elle est très importante.

« On ne sait pas ce qu'on ne sait pas » veut dire d'abord, bien sûr, que ce qu'on ne sait pas, par définition, on ne le sait pas. Cela veut aussi dire que « je ne sais pas si ce que je ne sais pas c'est seulement ce que j'ignore ou si c'est aussi ce que je ne sais pas qu'il est possible de le savoir ».

C'est donc une phrase fondamentale, en particulier pour un scientifique qui doit en permanence se demander s'il a vraiment fait l'inventaire de ce qu'il ne sait pas.

Parfois, on sait des choses sans savoir qu'on les sait. Parce que l'on croit ne pas les savoir ou parce que ce que l'on croit ne pas être un savoir se trouve en fait quelque part, dans un coin caché de la bibliothèque de son cerveau, ou dans un pont qui reste à jeter entre deux compartiments de sa mémoire.

Essayez de dresser une première liste de ce que vous savez ; et, en creux, de ce que vous ne savez pas. Ou plutôt de ce que vous croyez ne pas savoir.

Élargissez-la aux domaines dont vous pouvez imaginer l'existence, et dont vous ne connaissez que l'obscur nom. Puis allez plus loin et essayez de découvrir des champs de savoir inconnus et vous découvrirez des choses que vous ne pensiez pas connaître ou au moins connaissables. C'est un merveilleux exercice de réflexion, de modestie et d'audace.

Est-on plus heureux quand on est gentil ?

Est-on plus heureux quand on est gentil ? On regarde alors les autres avec un a priori positif ; on a plus de chances de recevoir en retour la gentillesse des autres ; on s'entoure d'un halo d'amabilité qui crée les conditions pour être plus heureux ; on se met en état de gratitude, de reconnaissance et d'émerveillement, ce qui favorise le bien-être. À l'inverse, si l'on est méchant, agressif, on ne reçoit en échange que de l'agressivité, de la tension, de la méchanceté.

Être gentil signifie être indulgent avec les autres et avec le monde et faire ce que l'on peut pour le rendre meilleur.

Pour autant, être gentil, ça ne veut pas dire être naïf ; ni ne pas être aux aguets des risques, des dangers, des menaces ; ni être indifférent à l'agressivité des autres.

La vraie gentillesse s'accompagne de lucidité et de maîtrise de soi.

Que retiendra-t-on dans vingt ans de la cérémonie d'ouverture des Jeux olympiques de Paris en 2024 ?

Que retiendra-t-on dans vingt ans de la cérémonie d'ouverture des Jeux olympiques de 2024 ?

Pour avoir coorganisé en 1989 avec Jack Lang et Jean-Paul Goude les fêtes du Bicentenaire de la Révolution française et avoir fait défiler des centaines de chars de carnaval sur les Champs-Élysées, devant des centaines de milliers de spectateurs, autant de millions de téléspectateurs et 45 chefs d'État tout autour de la place de la Concorde, je mesure que ce que l'on retiendra d'abord, c'est qu'il ne s'est rien passé de tragique : nous ne marquerons pas ce jour d'une pierre noire et c'est l'essentiel. Ce que l'on ne retiendra pas, je pense, ce sont quelques transgressions. Car, dans vingt ans, ces transgressions seront vraisemblablement devenues naturelles et banales et ne choqueront plus personne.

À moins que, au contraire, elles soient alors ressenties comme la mesure de ce que 2024 était un sommet de la décadence, un paroxysme intolérable. Nous saurons dans vingt ans si ces minuscules scandales auront été une ouverture vers une plus grande liberté ou au contraire un point d'inflexion vers un retour obscurantiste, nostalgique, marquant la fin d'une époque de liberté et donc d'excès.

À mon sens, le pire est le moins vraisemblable ; cette cérémonie marque le début d'une période mondiale nouvelle, faite de tolérance et de liberté, dans laquelle, une fois de plus, la France aura ouvert la voie.

Y a-t-il un secret de la créativité ?

Comment être original, penser du nouveau, être créatif ? En art, en science, dans sa vie personnelle ? Est-il possible de trouver des réponses auxquelles personne n'avait pensé avant nous ? De sortir de la routine, de l'immuabilité des choses, des idées et des concepts ? Pour ma part, j'ai trouvé une réponse à cette question en lisant un passage de l'*Ecclésiaste* qui semble dire le contraire : « Rien de nouveau sous le soleil. » Tout serait immuable, tout se répéterait toujours. Or, si on lit bien ce texte, il ne dit pas qu'il n'y a jamais rien de nouveau, mais que, s'il y a du nouveau, il est à chercher au-dessus du soleil.

Cette métaphore conduit à penser que pour faire du neuf, il faut d'abord regarder le monde d'un autre point de vue. C'est le décentrement qui dévoile le neuf. Et quand on regarde le monde ainsi, et seulement ainsi, le neuf apparaît comme une évidence. Le neuf, c'est s'évader de ce que l'on croit invariant, irréfutable, indépassable. Le neuf, c'est penser d'ailleurs.

Trois questions à se poser avant de prendre toute décision importante

Quand j'ai des décisions importantes à prendre, je me pose toujours trois questions que m'avait suggérées le grand professeur new-yorkais de psychologie Daniel Kahneman. Première question : « Qu'est-ce que je penserais de cette décision si elle était prise par un ami ? » Deuxième question : « Qu'est-ce que je penserai dans un an de cette décision, si je la prends moi-même maintenant ? » Troisième question : « Qu'est-ce que je conseillerais à un ami de faire s'il était confronté au même problème ? »

Malgré les apparences, ces trois questions ne sont pas du tout les mêmes. Réfléchissez-y bien et essayez de les utiliser pour prendre les décisions les plus rationnelles possibles. Je les utilise régulièrement. J'en ajoute toujours une autre, tout aussi essentielle à mes yeux : « Que penseront de cette décision ceux qui vivront bien après moi ? »

Si vous voulez être un jour meilleur que les autres, il vous faut commencer par être meilleur que vous-même

C'est la leçon principale que j'ai retenue de nombreuses conversations avec de grands scientifiques, de grands artistes et de grands sportifs. Être meilleur que soi-même, se dépasser, suppose de se fixer des objectifs chaque fois plus exigeants. Encore faut-il apprendre à se fixer des objectifs aussi précis que possible.

Et tout naturellement, seulement après, on peut en venir à se comparer à d'autres. Seulement après.

Il faut toujours commencer par se comparer à soi-même. Toujours essayer d'être meilleur que soi-même si l'on veut avoir une chance d'être meilleur, ou au moins différent des autres.

Se demander chaque soir ce que l'on a appris de nouveau dans la journée

Il est un exercice très salutaire auquel je me livre souvent, sinon presque tous les jours : qu'est-ce que j'ai appris de nouveau aujourd'hui ? Ai-je rencontré quelqu'un de nouveau ? Ai-je entendu quelque chose de vraiment nouveau, qui contredit ce que je croyais être vrai ? Me suis-je posé une question nouvelle ? Si une journée se passe sans que je puisse répondre positivement à l'une de ces questions, cette journée n'est pas complète. Chaque matin, je m'émerveille devant la quasi-certitude que je vais, dans la journée, apprendre quelque chose, rencontrer l'inconnu, ou découvrir quelque chose à l'intérieur de moi, m'entraînant vers une nouvelle perplexité. Que de voyages ! Pensez à cela. Ne vous enfermez pas dans des routines. Il n'y a rien de pire. La routine, c'est évidemment la mort. Et pour l'éviter, il faut être sans cesse à l'affût du nouveau et le considérer comme une bénédiction.

Un exercice très salutaire : refaire à tout âge des exercices de mathématiques de terminale

Sauriez-vous refaire des problèmes de mathématiques de terminale, ou en tout cas de la dernière classe où vous avez fréquenté cette matière ? C'est un bon exercice que de faire à intervalles réguliers, disons tous les quatre ou cinq ans, de tels exercices. Naturellement pas ceux faits lorsque l'on avait l'âge de les faire en classe, mais ceux que les élèves affrontent aujourd'hui en terminale On se rend compte alors qu'ils supposent d'autres connaissances et sont relativement plus difficiles qu'ils ne l'étaient. Avec un peu d'effort pour retrouver les bases nécessaires, anciennes et nouvelles, on y parvient. Je vous invite à faire régulièrement cet exercice d'humilité et de défi à soi-même.

Quels sont vos combats ?

Toute vie ne vaut que par ses combats. Quels sont les vôtres ? Il y a d'abord les combats de base : pour survivre, gagner sa vie, celle de sa famille. Il y a des combats pour réaliser ses rêves. Il y a aussi des combats pour être utile à d'autres ou à une cause spécifique.

Réfléchissez : quels sont vos combats ? Sont-ils seulement des combats pour vous-même ? Ou également des combats pour d'autres ? Y a-t-il une ou des causes que vous voudriez soutenir ? Il est très important de les identifier et d'en faire un axe de votre identité, un élément de votre projet de vie, un pilier de votre action quotidienne. Aucune vie ne vaut d'être vécue, me semble-t-il, si elle n'est qu'un combat pour soi-même.

Faut-il détester l'Occident ?

Rien n'est plus mortel pour un individu, pour une entreprise, pour un pays, pour une civilisation que la haine de soi. Or aujourd'hui, l'Occident, attaqué de toutes parts, dénoncé comme étant la cause de tous les malheurs du monde, est envahi par une terrible haine de lui-même : il se déteste, se flagelle, se combat de l'intérieur.

Il est vrai qu'il a commis bien des turpitudes, tant par l'exploitation de ses minorités et des autres peuples que par celle de la nature. Il n'est pas le seul coupable : les civilisations asiatiques, arabes, africaines ou amérindiennes n'ont pas fait mieux. Et l'Occident a aussi apporté au monde des valeurs universelles : la liberté individuelle, la démocratie, la liberté politique, le respect des droits humains, et en particulier des femmes, y trouvent une partie de leurs sources. Une grande partie de l'humanité nourrit d'ailleurs le rêve d'avoir le même mode de vie que les Occidentaux.

L'Occident ne doit donc pas se résigner à se détester et encore moins s'autodétruire. Il doit être fier de son histoire, de ce qu'il a apporté de meilleur et apporte encore chaque jour au monde, et faire en sorte de prendre acte des terribles erreurs et crimes qu'il a commis, de les réparer, de ne plus les commettre et d'empêcher qui que ce soit d'autre d'en commettre.

Si on ne fait rien, le pire arrive toujours plus vite que prévu

Quand un événement futur catastrophique est annoncé comme probable et que l'on n'agit pas pour le retarder ou l'éviter, il se produit en général beaucoup plus vite que prévu. Parce que le fait de le prévoir, de l'annoncer, de s'y résigner, de savoir qu'il va avoir lieu sans réagir cristallise son avènement, précipite les changements et fait qu'il arrive plus tôt qu'annoncé. C'est vrai en géopolitique, où les changements de régime ont lieu plus tôt que prévu quand on ne fait rien pour les prévenir. C'est vrai aussi en matière de conflits : les guerres qu'on annonce probables et qu'on ne cherche pas à empêcher se déclenchent toujours plus tôt que prévu. C'est vrai aussi dans la vie privée, où des événements que l'on considère comme possibles ou quasiment certains, à échéance plus ou moins lointaine, arrivent beaucoup plus vite que prévu si on se résigne à ce que seul le destin en décide.

En géopolitique, en matière militaire, en matière de politique intérieure ou en matière personnelle, il faut se donner les moyens de ne pas se résigner à un avenir faussement déclaré comme inévitable, et le combattre sur tous les plans.

Rien n'est inévitable. Même pas la victoire de partis extrémistes. Même pas la guerre, même pas le réchauffement climatique. Même pas la mort. Si on sait la combattre, la retarder. Et quand elle arrive, il existe bien des formes d'immortalité.

Faut-il nous préparer tous à devenir végétariens ?

Les émissions de méthane augmentent à un tel niveau qu'elles sont aujourd'hui plus élevées qu'elles ne l'ont jamais été depuis huit cent mille ans. Et le méthane est vingt-huit fois plus réchauffant que les émissions liées au gaz et au pétrole. Les deux tiers des émissions de méthane viennent directement et indirectement des activités animales. Il est parfaitement possible de s'en débarrasser. Si on ne le fait pas, il est certain que la température de la planète sera invivable en 2100. 2100, c'est demain matin. Il y a des solutions. Elles sont radicales : d'abord, ne plus manger de viande de bovins, grands émetteurs de méthane et consommateurs d'eau. Voire ne plus rien consommer d'animal du tout, ni terrestre ni maritime ; en remplaçant ces protéines par d'autres, tout aussi nourrissantes et savoureuses, comme le lin, les pois, et d'autres céréales. On devra en venir là. Pour la santé de la planète et celle de chacun.

D'autres solutions, moins radicales, supposeraient de remplacer la nourriture de ces animaux par des produits qui les conduiront à émettre moins de méthane.

Au lieu d'agir, de faire des choix, nous procrastinons, nous préférons ne pas voir, foncer dans le mur en klaxonnant, alors qu'il suffirait d'un peu de volonté, cristallisant un projet collectif, pour l'éviter.

Il est important de vivre entouré de gens qui ne pensent pas comme nous

Il est très important de vivre entouré de gens différents de nous par leurs origines, leurs langues, leurs cultures, leurs religions, leurs métiers, leurs classes sociales, leurs aspirations.

Quiconque s'enferme dans un milieu proche de son niveau social, de sa culture et de ses opinions peut se croire heureux parce qu'il est dans un environnement rassurant. De nombreuses communautés vivent ainsi, interdisant plus ou moins explicitement aux étrangers d'y pénétrer ; toutes, sans exception, déclinent alors. Même les communautés en apparence les plus fermées n'ont dû leur survie qu'à leurs échanges commerciaux, familiaux, culturels et religieux avec d'autres.

On retrouve cette question dans le monde virtuel : sur les réseaux sociaux, l'anathème est partout contre ceux qui ne pensent pas comme vous. Il est alors tentant de s'enfermer dans un cercle de pensée commune et gratifiante, et même dans une bulle identitaire.

Ne jouez pas ce jeu. Ne bloquez pas ceux qui pensent différemment de vous ; seulement ceux qui vous insultent. C'est dans la confrontation à la différence que se trouvent les joies de la vie. Dans la tolérance, l'écoute, le respect et l'acceptation des points de vue contraires. Toutes choses aujourd'hui trop souvent oubliées.

Quand s'endetter peut-il être la meilleure façon d'épargner ?

Le grand historien écossais Niall Ferguson, devenu professeur en Californie, explique qu'un pays qui dépense plus pour le service de sa dette que pour sa défense est condamné au déclin ; en tout cas, qu'il ne peut plus être une grande puissance. C'est le cas aujourd'hui des États-Unis. Pour moi, cela dépend de ce à quoi ont servi les dépenses causées par cette dette : si elles ont servi à financer l'éducation, le service de la dette qui en résulte n'est pas une charge, mais une façon d'épargner pour éviter un déclin ultérieur. De même, dépenser aujourd'hui pour prévenir des maladies ultérieures est la meilleure façon de réduire les dépenses de santé. Faire financer par les générations futures le bien-être et la sécurité des vivants d'aujourd'hui est la certitude du désastre. Au contraire, financer la transmission et la prévention est la meilleure façon de réduire les dépenses ultérieures de sécurité et de santé.

Plus généralement, rembourser les annuités d'un investissement dans l'économie de la vie est le meilleur usage possible de l'épargne.

Bien des plaisirs sont des poisons

Le malheur veut que bien des choses aimables nous tuent. Comme si le Diable avait trouvé là des moyens de nous entraîner avec lui.

L'humanité est suicidaire, chacun le sait et les conflits à travers le monde nous le confirment chaque jour. Elle est aussi suicidaire dans des petits actes, des petits plaisirs : alcools, drogues, sirop de glucose, raffinose, maltose, malt dextrine, sucrose, dextrose de blé, amidon transformé, sirop de maïs et tant d'autres produits sont des poisons. Répétez-vous cela tous les jours, répétez-le à vos enfants, à ceux qui vous entourent, au législateur et à tous ceux qui mettent sur le marché ces produits scandaleux, nocifs, mortifères que l'on camoufle sous le nom de bonbons, friandises, snacks, barres chocolatées et autres poisons. Ils pourraient être merveilleusement remplacés par des aliments sains, tels des fruits et des légumes de saison, et par des activités infiniment plus passionnantes et enrichissantes, telles que pratiquer un sport ou jouer de la musique, s'émerveiller devant un paysage ou faire preuve de gratitude.

Comment faire des économies intelligentes et utiles ?

Pour faire des économies dans un budget personnel, dans celui d'une collectivité locale, d'une entreprise ou d'une nation, il y a plusieurs méthodes. La première, la plus simple et la plus bête, consiste à enlever 5 à 10 % à tout. Cela s'appelle le « rabot ». La deuxième, un peu moins bête mais particulièrement lâche, consiste à couper là où les gens sont trop faibles pour réagir, là où ils ne peuvent contester cette décision. La troisième, la plus intelligente, est de repenser les dépenses en fonction d'un critère très simple : ne conserver que ce qui n'est pas nuisible aux générations futures. Cela signifie qu'il faut cesser de financer, autant qu'il est possible, tout ce qui ne sert qu'à produire ou à consommer les produits de l'économie de la mort ; et ne pas toucher le financement de tout ce qui est utile à l'économie de la vie. S'il y a des coupes à faire, il faut donc les faire d'abord dans les subventions et les aides aux compagnies pétrolières et gazières, à toutes les compagnies qui produisent et utilisent de l'énergie fossile, mais aussi des sucres ajoutés ou de la nourriture transformée, et à toutes celles qui, par ailleurs, créent d'autres poisons pour l'humanité. Par exemple, dans le budget de la France, on devrait supprimer progressivement toutes les subventions aux formes de mobilité et d'industries utilisant du pétrole, aux pesticides, à l'agriculture industrielle, à la nourriture transformée et aux alcools. On ferait ainsi énormément d'économies qui permettraient de financer la compensation des pertes de recettes liées à cette économie et la transition vers l'économie de la vie. Un jour ou l'autre, nous serons forcés de le faire. Autant commencer maintenant.

Peut-on admirer les œuvres d'un monstre ?

Faut-il jeter, brûler les œuvres d'artistes auteurs de crimes ou d'actes illégaux ? Faut-il oublier, dénoncer l'œuvre de Platon parce qu'il n'a pas dénoncé l'esclavage ? Faut-il cesser de lire *Voyage au bout de la nuit* parce que Céline était ignoble ? Faut-il brûler les tableaux de Picasso parce qu'il s'est très mal conduit avec des femmes ? Faut-il détester, ne plus regarder les films de tel ou tel metteur en scène ou producteur dont la vie personnelle s'est révélée inacceptable ? Faut-il affirmer que l'œuvre d'un artiste ne peut être jugée indépendamment de sa vie et qu'elle est entachée, contaminée, par d'éventuelles turpitudes dans sa vie privée ou ses comportements sociaux et politiques ?

Je ne le crois pas : on peut, on doit continuer d'admirer une œuvre, malgré la monstruosité de son auteur. Tout simplement parce que la monstruosité est le propre de la nature humaine. Et de ses faiblesses.

Chacun d'entre nous est aussi, potentiellement, un génie et un monstre, et la monstruosité des génies doit nous rappeler celle, potentielle ou réelle, que nous portons en nous. En affrontant leur monstruosité, c'est la nôtre que nous regardons.

La douleur est-elle une dimension essentielle de la vie ?

Doit-on accepter la douleur comme une dimension essentielle de la condition humaine ? Doit-on vivre avec elle ? Deux affaires a priori sans rapport m'amènent à y penser : d'abord l'affaire du Doliprane, ce médicament antidouleur dont on craint qu'il ne soit bientôt plus disponible en France. Ensuite la mort de Simon Fieschi, ce webmaster de *Charlie Hebdo* qui n'a sans doute pas supporté les douleurs dues aux séquelles des blessures causées par les balles reçues lors de l'attentat contre son journal.

Depuis l'aube des temps, la douleur accompagne tous les êtres vivants. Douleurs physiques, douleurs morales. Elle est aussi l'instrument des sadiques et des tortionnaires. On a très vite trouvé des moyens de s'en prémunir, par les alcools ou les drogues.

À partir de la fin du XVIIIe siècle, tout a changé quand on a mis au point quelques anesthésiques chimiques comme le protoxyde d'azote ou la morphine ; puis bien d'autres, plus tard. Une très large partie de l'humanité, et la quasi-totalité des animaux, n'ont pas accès à ces antalgiques. Ils ne peuvent donc pas échapper à la douleur. C'est sans doute une des inégalités les plus terribles qui soient.

Rien n'est pire que de masquer des douleurs sans tenter de pallier leurs causes profondes : la douleur physique peut révéler une maladie grave ; et la douleur morale permet de prendre conscience d'un état et de progresser lorsque l'on apprend à la maîtriser. Dans les deux cas, l'usage excessif, ou mal à propos, d'analgésiques les transforme en drogues aliénantes. Vivre avec une douleur tolérable est une des dimensions de la lucidité.

Connaissez-vous le paradoxe de Condorcet ?

Nicolas de Condorcet, mathématicien, philosophe du XVIIIe siècle, qui s'éleva contre l'esclavage, se battit pour l'égalité des sexes et la démocratie, avant de mourir en prison – il fut l'une des dernières victimes de la Terreur –, a aussi démontré que le vote d'une assemblée n'est pas nécessairement rationnel : si celle-ci doit, par le vote de ses membres, hiérarchiser trois options, A, B ou C, il est possible qu'une majorité des votants préfère A à B, qu'une autre majorité dans la même assemblée préfère B à C, et qu'une troisième majorité préfère C à A, ce qui contredit les deux premiers votes.

Ce paradoxe, dit « de Condorcet », a de nombreuses applications dans les groupes les plus divers, d'un conseil d'administration à l'Assemblée nationale française aujourd'hui. Plus généralement, il a été démontré, après Condorcet, que dès que l'on a 600 votants ou plus, la probabilité d'arriver à une telle situation est de l'ordre de 10 %.

Plus encore, mon maître Kenneth Joseph Arrow, le grand professeur et prix Nobel d'économie américain, avait démontré qu'aucun système de vote ne peut déjouer ce genre de paradoxe.

Est-ce que cela signifie que la démocratie est condamnée à être irrationnelle ? Non, car Arrow démontra aussi qu'en tenant compte de la possibilité de négocier des compromis, ou d'établir un cadre minimal de valeurs communes, on peut éviter de telles situations.

Autrement dit, une société démocratique ne peut fonctionner durablement et rationnellement que si ses membres partagent un minimum de valeurs communes.

Admirer vous fera plus de bien que dénigrer

D'abord, ne laissez pas les autres vous dire du mal de vos projets. Ne les laissez pas vous diminuer, vous dénigrer, vous faire douter de vous. Prenez conscience de votre propre valeur tout en acceptant les critiques constructives. Trop souvent, ceux qui vous dénigrent expriment en réalité leurs propres insuffisances, leurs échecs, leur mal-être. Vos réussites sont le miroir de ce qu'ils sont incapables de réaliser. S'ils vous critiquent, s'ils vous dévalorisent, c'est parce qu'ils ne sont pas devenus ce qu'ils ont rêvé d'être.

Ne dites pas non plus vous-même du mal des autres. Osez admirer d'autres personnes que vous-mêmes. Émerveillez-vous de leurs accomplissements. Encouragez ceux qui veulent réussir, même si leur réussite vous dépasse. Ne soyez pas jaloux, soyez admiratifs. Sans renoncer à votre propre épanouissement, sans vous résigner à vous limiter à admirer la réussite des autres. Admirez : c'est une source de joie.

Pour vivre sereinement et progresser : être préparé à reconnaître qu'on a eu tort

Avoir tort, c'est quelque chose que l'on n'aime pas ; qu'on n'accepte pas ; qu'on refuse, parfois même contre l'évidence. Et pourtant, rien n'est plus important que de se demander si ce que l'on dit est vrai, si l'argument que l'on vous renvoie n'est pas meilleur que le vôtre.

Plus, même, admettre que l'on a tort est une façon de progresser : chercher à comprendre pourquoi l'autre pense que vous avez tort est une façon de saisir plus profondément la nature et la logique du raisonnement qui nous amène à penser avoir raison.

Paradoxalement, j'aime même découvrir que je me suis trompé, quand cela me fait progresser. J'aime savoir que je suis ouvert à la critique. Et même si, à la fin d'une discussion, je conserve mon avis premier, j'aurai progressé en comprenant le point de vue de l'autre.

Savez-vous ce qu'est le graphène ?

Parlons un peu de technique, pour une fois. On ne prend pas assez conscience de son importance économique, philosophique, géopolitique. Un exemple : le graphène.

C'est une structure composée d'atomes de carbone beaucoup plus serrés, beaucoup plus dense que dans la nature. Ses propriétés sont extraordinaires : le graphène est deux cents fois plus robuste que l'acier et cent fois plus conducteur que le cuivre. Si on arrive (et on y arrivera) à faire des fils de graphène très fins, très longs, on pourra totalement bouleverser l'ensemble de l'industrie électrique et celle des composants de l'industrie numérique ; on réduira massivement les besoins en énergies fossiles et en cuivre. La Chine, le Japon, les États-Unis sont pratiquement en situation d'industrialisation de ce nouveau matériau. Des voitures électriques utilisent déjà du graphène comme fil conducteur dans certaines pièces de batteries.

Ce n'est qu'un exemple parmi beaucoup d'autres de l'importance de la géopolitique et de la technique dans l'économie, et du rôle crucial des ingénieurs, qui devraient avoir beaucoup plus d'influence dans la gestion des affaires publiques. Nous avons besoin d'ingénieurs et d'ingénieures. Nous avons besoin d'ingénieurs au pouvoir, dans l'industrie et dans l'État.

Les démocraties sont-elles condamnées à disparaître ?

Il fut un temps à la mode de prédire que la démocratie allait vaincre bientôt la dictature, que tous les pays du monde seraient des démocraties et que, comme deux démocraties ne se font jamais la guerre, l'Histoire humaine ne serait plus que pacifique, donc, d'une certaine façon, sans histoire. Sans Histoire, même. D'où la théorie fascinante de la « fin de l'Histoire ».

Aujourd'hui, la mode devient inverse ; les démocraties sont faibles, incapables de gérer les pays qu'elles sont supposées prendre en charge. Elles n'ont pas de gouvernements solides. Elles sont, presque partout, incapables de défendre les identités nationales et en passe d'être remplacées par des gouvernements populistes, illibéraux, totalitaires, fascistes, selon les nuances que l'on veut apporter à cette évolution.

De fait, les trois quarts des humains vivent aujourd'hui dans des dictatures, ou au moins dans des pays illibéraux. Il est possible que la démocratie ne soit bientôt plus qu'un souvenir.

Je persiste à ne pas y croire. Et je pense, à l'inverse, que le totalitarisme est condamné à l'échec, pour une raison très simple : sa définition même, c'est le gouvernement par la peur. La règle d'or du totalitarisme, c'est de dire à l'ensemble de la population : « Ferme ta gueule et obéis. » Or, on ne peut pas construire durablement une société sur la peur. On ne peut pas, en particulier, construire une société d'innovation et de progrès si la peur empêche de penser librement, pousse à la courtisanerie et à la soumission.

Donc je continue à penser que les dictatures sont condamnées à échouer, comme elles ont toujours échoué. Je continue à prédire que la société russe comme la société chinoise finiront par devenir des démocraties ; et que ni l'Europe ni les États-Unis ne sont condamnés à être durablement dirigés par des gouvernements autoritaires.

Si une période noire est peut-être en train de commencer, elle ne sera qu'une parenthèse dans l'Histoire. La liberté humaine restera l'un des moteurs essentiels de son évolution.

À condition, et c'est véritablement la condition déterminante, d'accorder la même liberté aux générations futures ; d'accorder un droit de vote à ceux encore à naître. Tel est le formidable saut que la démocratie doit faire si elle veut véritablement être à la hauteur des enjeux de la vie, et ne pas s'effondrer sous le coup de totalitarismes illusoirement bienveillants.

Si vous voulez rester en forme, marchez !

Si vous voulez rester en forme, marchez au moins une heure par jour, quel que soit le climat, quelles que soient les circonstances ; marchez. Il n'y a rien de meilleur pour la santé physique, morale, intellectuelle et mentale. En marchant, on peut penser, écouter de la musique ou un podcast, on peut avoir des idées, on peut enregistrer des notes verbales, on peut échanger avec un ami qui marche avec vous ou en ligne.

Marcher, c'est une façon de donner du sens au corps dans toutes ses dimensions ; c'est créer les conditions d'une vie plus intense, plus vraie, quoi qu'il arrive.

Marchez à tout âge, marchez au moins une heure par jour. Vous vous rendrez compte que c'est très facile à faire. Pas besoin de vélo, de voiture, de transport en commun, on peut toujours marcher. Alors, s'il vous plaît, commencez aujourd'hui.

Un mot à proscrire : « mais »

Parmi les mots que l'on devrait éliminer de son vocabulaire, dans toutes les langues, il en est un que l'on utilise très souvent, c'est le mot « mais ». Si vous y réfléchissez bien, quand vous l'employez, vous signifiez que la proposition ou la phrase qui le précède va être contredite par la proposition ou la phrase qui va le suivre.

Pourquoi dire quelque chose et dire ensuite son contraire ? Pourquoi se contredire dans la même phrase ?

Très souvent, on peut remplacer « mais » par « et ». Tout est alors beaucoup plus fluide, beaucoup plus cohérent. On peut aussi souvent ne pas le remplacer et utiliser juste un point.

Quand on ne peut le remplacer ni par « et » ni par un point, alors il faut inverser les propositions et commencer par énoncer ce qui va être l'objection et ensuite la réponse. Le « mais » disparaît tout naturellement.

Cela renvoie à quelque chose de plus important encore : il vaut mieux terminer une phrase ou un discours par une réponse plutôt que par une objection détruisant son propre argument. On attend d'un discours qu'il se termine par une réponse ou par une question. Pas par une impasse.

Faut-il accepter d'avoir peur ?

Faut-il accepter d'avoir peur ? Dans beaucoup de sociétés, et la société occidentale n'y échappe pas, la peur est interdite, en particulier aux garçons : avoir peur serait un signe de lâcheté, de manque de virilité, d'exclusion du groupe. Le groupe n'aurait besoin que de gens courageux. Et il serait malséant d'avoir peur. Y compris de craindre la mort.

En réalité, c'est exactement le contraire : la peur est la condition de la survie. Si on n'a jamais peur, on ne voit pas le danger. Une charge de cavalerie n'a jamais gagné une bataille. La peur est même une condition nécessaire, mais non suffisante, du courage Si on n'a pas peur, on ne prépare pas les conditions de la réponse rapide et efficace aux dangers quand ils arrivent. La peur de la mort nourrit la force de la vie. Elle permet de choisir plus efficacement la réponse à l'ennui. La peur de ce qui se passe dans l'au-delà nourrit l'apparition de la morale religieuse et sociale. Il faut accepter d'avoir peur, sans que cette peur nous paralyse.

La peur est même la condition de l'existence d'un groupe parce qu'elle fait prendre conscience à chacun que l'on se défend mieux à plusieurs que séparément. Avoir peur, sans être paralysé par elle, est une force, une manifestation de la lucidité. Et c'est avec la lucidité que tout progresse.

Peut-on imaginer une société où tout soit disponible par abonnement ?

Les sociétés humaines se sont organisées depuis toujours autour de l'idée de produire, vendre et consommer. Consommer au sens de consumer, de détruire. Le pouvoir s'est, lui, organisé autour de la propriété des moyens de produire, des moyens de se nourrir, de se loger, et même de produire des enfants. La possession est ainsi devenue une valeur, indépendamment de l'usage que l'on peut en faire. On s'est mis à avoir des biens pour le plaisir de les avoir et pas pour l'usage que l'on pourrait en faire. On a peu à peu oublié que l'on peut utiliser des objets sans les posséder, que la propriété est un outil de pouvoir et pas un moyen d'usage.

Peut-être est-il temps de passer d'une société de l'appropriation à une société de la location et du partage ?

Faut-il acheter une voiture ou la louer ? Faut-il même acheter des vêtements ou se contenter de les louer ? On peut décliner cela dans bien des domaines : livres, films, outils et beaucoup d'autres objets. C'est ce qui se passe déjà depuis longtemps dans la musique, comme toujours annonciatrice des changements.

On pourrait imaginer une société où on serait abonné à un service qui nous donnerait des vêtements pour la semaine et qui nous permettrait d'en changer la semaine suivante ; qui nous donnerait accès à des outils dont on ne se sert pas tous les jours, à de la vaisselle qu'on pourrait vouloir changer régulièrement, à des automobiles dont on n'a pas l'usage fréquemment et même de moins en moins souvent.

Ce serait un tout autre système économique, tant pour les producteurs, les vendeurs que pour les consommateurs.

Cela rejoint une idée très ancienne : nous ne sommes que les locataires de la planète, nous n'en sommes pas les propriétaires. Essayons de ne jamais l'oublier et repensons toute la société autour de ce principe.

Naturellement, les inégalités seraient tout aussi cruelles entre ceux qui pourraient se payer un tel abonnement et ceux qui ne le pourraient pas, entre l'abonnement le plus simple et l'abonnement le plus luxueux. À cela aussi, il faudrait remédier : aucun système économique ne fournit naturellement à tous les mêmes moyens de bénéficier de ce qu'il produit.

Un des mystères les plus grandioses de l'aventure de la vie

Une des choses qui m'émerveillent le plus : la possibilité de rendre compte de l'univers par un langage inventé par l'homme. Comment est-il possible que l'esprit humain soit capable de décrire la réalité physique de l'Univers par des équations mathématiques qu'il a lui-même conçues ?

Comment les humains ont-ils été capables d'inventer les mathématiques nécessaires à établir les lois de la gravitation, de l'électromagnétique, et des interactions nucléaires faibles et fortes, qui s'appliquent à une grande partie de l'Univers, sinon à l'Univers tout entier ? C'est vertigineux.

De fait, on ne peut rien comprendre à l'Univers et au vivant sans le langage mathématique. Et encore, ce langage, même le plus avancé, est-il balbutiant.

Comment est-il possible que notre espèce animale, l'humain, soit ainsi capable de mettre en équation les réalités de l'Univers ? Et de s'en servir pour construire des outils, des machines, des systèmes d'une immense complexité, tout en reconnaissant ses propres lacunes, dont certaines, en cosmologie, sont humblement nommées « matière noire », matière aussi théorique et vraisemblablement inexistante que l'était « l'éther », qu'on a longtemps cru être une réalité expliquant la structure de la matière…

Comment bien hiérarchiser l'importance des décisions à prendre ?

Il y a deux types de décisions.

D'abord, les décisions réversibles, celles que l'on prend en sachant (ou en croyant à tort) que l'on pourra revenir en arrière. Généralement, ce sont des décisions positives ; par exemple, prendre un abonnement est réversible : je peux le prendre puis l'annuler ; de même, s'installer avec quelqu'un (je peux quitter cette personne ou être quitté par elle) est une décision réversible.

À l'inverse, les décisions irréversibles sont celles dont les conséquences ne peuvent être annulées. En général, les décisions irréversibles sont négatives. Inversement, les décisions négatives sont en général irréversibles : tuer ou blesser quelqu'un, volontairement ou non, est irréversible ; blesser quelqu'un psychologiquement, c'est irréversible. Ce ne sont pas toujours des décisions explicitement irréversibles : elles ne sont pas toujours pensées comme telles ; on peut faire du mal à quelqu'un par accident ou par erreur. Le résultat est le même.

On doit alors, plus généralement, parler d'actions négatives et d'actions positives. Une action réversible a plus de chances d'être positive qu'une action irréversible. Une seule exception : la naissance d'un enfant.

Vos proches retiennent beaucoup plus vos actions négatives que vos actions positives. Sachez donc discerner, quand vous agissez, et en particulier quand vous prenez une décision, si cette action est réversible ou non.

Complexité supplémentaire : quelques actions peuvent être apparemment négatives et se révéler ensuite positives pour ceux qui les prennent comme pour ceux qu'elles impactent. Ainsi d'une rupture.

Qu'est-ce qui est essentiel pour vous et que vous n'allez pas faire la semaine prochaine ?

Petit exercice que je vous suggère de faire le dimanche soir : regardez votre agenda professionnel et personnel des trois prochains mois et voyez si vous y trouvez des choses que vous pouvez faire autrement, regrouper ou ne pas faire. Regardez ce qui n'est pas prévu et qui vous semble important, essentiel même ; ce que vous regretterez de ne pas avoir fait ; qui vous serez désolé de ne pas avoir vu ; qui vous aurez vu et que vous pourriez ne pas voir ; quelles réunions prévues sont inutiles ; quelle action essentielle n'est pas dans votre agenda ; quelles personnes précieuses vous ne prévoyez pas de voir dans ces trois prochains mois et que vous pourrez regretter de n'avoir plus jamais vues. Regardez quelles plages de temps vous avez gardées pour vous et pour ceux que vous aimez.

Effectuez cet exercice chaque fin de semaine et vous verrez que votre agenda prendra du sens et que vous gagnerez ainsi beaucoup plus de temps que vous n'en passerez à le faire.

Peut-on imaginer un pays sans industrie ?

Peut-on imaginer un pays sans industrie ? C'était l'idéal de certains penseurs essentiels comme Thoreau, ou d'autres beaucoup plus récemment, tels les dirigeants du Bhoutan. C'est, d'une certaine façon, l'idéal utopique de beaucoup d'écologistes : une société dans laquelle il n'y aurait aucune usine, aucune pollution liée à l'industrie, aucun travail de nature industrielle, aucun ouvrier ; que des paysans, des ruraux et quelques urbains, artisans ou occupés à des tâches éducatives, sociales, médicales, culturelles ou administratives. Un tel pays aurait cependant besoin d'outils et de machines pour l'agriculture, pour construire des maisons, pour se déplacer, pour communiquer, pour soigner, pour enseigner : que serait l'agriculture aujourd'hui sans machines ? Que serait un service sans les outils qu'il utilise ? Le pays qui n'a pas d'industrie doit importer de tels outils ; et pour cela il faut qu'il soit capable de vendre aux autres pays assez de services pour avoir de quoi se payer ces biens industriels. Aucun pays n'est dans une telle situation, même pas le Bhoutan, qui exporte son hydroélectricité ; et, même si un pays l'était, cela ne changerait rien à la pollution mondiale ou à l'enjeu climatique de la planète, puisque cela consisterait à reporter sur d'autres pays la charge d'abriter les industries dont on aurait souhaité se passer.

La question n'est donc pas : « Avec ou sans industrie ? », mais « Quelles industries ? » On doit accueillir sans limite les industries de la vie (de la santé, de l'éducation, de la culture, de la sécurité, des énergies recyclables et renouvelables, de l'agriculture régénérative, c'est-à-dire celles de l'économie de la vie), en ne les produisant qu'avec les moyens de l'économie de la vie, et bannir les industries de l'économie de la mort (celles des énergies fossiles et de leurs usages, celles de l'agriculture intensive et de la nourriture transformée, et bien d'autres détruisant la planète).

Bien plus important que le QI, une qualité qui rassemble volonté, ténacité et curiosité : la gnaque

Tout être humain a quelque chose d'unique ; quelque chose que lui seul peut faire mieux que les autres. Pour trouver ce trésor en chacun de nous, seules comptent la volonté et la curiosité que je rassemble en une qualité unique, bien plus importante que le QI : la gnaque. En anglais : « *the grit* ». Quiconque l'a peut réussir pratiquement ce qu'il veut, même s'il n'est pas doué a priori pour cela. Il peut en effet trouver en lui ce qu'il y a d'unique et le cultiver. La gnaque se manifeste en particulier par une volonté de travail. Et le travail permet d'obtenir à peu près tout : si vous faites les choses, si vous les répétez, dans une activité intellectuelle comme physique, vous finissez par y arriver, peut-être plus difficilement que si vous étiez naturellement doué pour ces choses, ou si vous aviez un héritage familial, mais vous y arrivez.

Tout est accessible avec la gnaque. Même la gnaque. Et c'est la seule chose vraiment difficile : commencer par acquérir la gnaque.

On se rend compte assez vite, quand on en a un peu, qu'on éprouve un très grand plaisir à la mobiliser. Et on ne veut plus s'en passer. Surtout quand on réussit à la mettre au service de ce que l'on a d'unique.

Qu'y a-t-il de commun entre l'histoire d'Œdipe, une catastrophe climatique et l'IA ?

Quelle relation y a-t-il entre l'histoire d'Œdipe, la catastrophe de Mayotte et l'intelligence artificielle ? A priori, aucune. L'histoire d'Œdipe nous apprend que, quoi qu'il arrive, quelqu'un à qui l'on a prédit qu'il commettra un grand crime – dans son cas, tuer son père et épouser sa mère – finit par le faire, même s'il fait tout pour l'éviter. Mayotte nous apprend qu'une catastrophe climatique probable aurait pu être évitée (ou au moins ses conséquences humaines) si on avait pris les mesures nécessaires. Au même moment, l'intelligence artificielle nous annonce que, très bientôt, il sera possible de prévoir non seulement les maladies à venir, mais également la prédisposition à une maladie personnelle ou collective, ce qui devrait permettre de prendre des dispositions pour l'empêcher de se développer.

C'est toute la distinction entre la pensée grecque (pour qui un malheur n'est pas évitable lorsqu'il est annoncé par les dieux) et la société moderne (pour laquelle un acte de liberté permet, lorsque l'on prévoit une catastrophe, de créer les conditions pour qu'elle n'ait pas lieu).

Pensons à lutter contre ce qui était considéré avant comme une fatalité et qui aujourd'hui peut être évité. Pensons à prévenir les catastrophes avant qu'elles ne deviennent inévitables.

De plus, les catastrophes seront de moins en moins assurables quand elles deviennent presque certaines ; elles ne pourront plus être mutualisées, partagées avec d'autres qui eux-mêmes en seront atteints.

D'où l'urgence, plus grande que jamais, d'organiser le basculement vers l'économie de la vie et de répartir équitablement le coût de la réparation préventive de catastrophes qui deviendront inévitables ; elle nous incombe à tous parce que nous serons tous responsables de leur occurrence, pour ne pas avoir agi à temps.

Sauriez-vous nommer une ou des personnes sans qui vous ne seriez pas ce que vous êtes ?

Il y a une question que tout le monde devrait se poser au moins une fois dans sa vie. Pensez à quelqu'un que vous connaissez bien. Un parent, un premier amour, un professeur qui vous a beaucoup marqué, ou encore quelqu'un qui vous a fait du mal. Demandez-vous comment serait votre vie aujourd'hui si cette personne n'avait jamais existé. Non pas si cette personne était morte ; si elle n'avait jamais existé. Bien sûr, la réponse est radicale quand il s'agit de ses parents. Pensez à d'autres.

Si vous vous posez cette question, vous vous rendrez compte que chaque personne qui a eu un peu ou beaucoup d'influence dans votre vie, chaque amour que vous avez vécu, chaque auteur qui vous a inspiré, chaque professeur que vous avez croisé, chaque ami que vous avez eu, chaque personne, professeur ou patron qui vous a martyrisé ou humilié, a progressivement façonné la personne que vous êtes ; et que vous ne seriez pas ce que vous êtes aujourd'hui sans lui ou elle.

Demandez-vous lesquelles, parmi ces personnes, ont été vraiment déterminantes pour vous. Si vous êtes vraiment honnête avec vous-même, en vous posant cette question, en passant en revue tous ceux qui ont joué un rôle dans votre vie, vous risquez d'être surpris du résultat. Vous risquez de découvrir que des gens que vous croyiez sans importance ont été déterminants. Cela vous apprendra beaucoup sur vous et vous aidera à avancer.

Rien n'est plus dangereux que de se laisser aller à la facilité

L'un des plus grands dangers qui menacent un individu, une famille, une entreprise ou un pays, c'est de se laisser aller à la facilité ; c'est-à-dire d'agir comme si tout problème avait une solution facile. Par exemple : on n'a pas l'argent, on l'emprunte ; le travail est pénible, on ne travaille pas ; la famille ne fonctionne pas bien, on laisse aller ; les études se passent mal, on passe à autre chose.

Rien n'est plus néfaste que d'accepter la facilité ; on le paye toujours : l'emprunt, on doit le rembourser ; l'oisiveté ne mène nulle part ; la désarticulation de la famille n'apporte que du malheur ; l'arrêt des études, sans autre vocation, c'est la catastrophe assurée.

La France est dans une telle situation aujourd'hui : elle se laisse aller depuis trop d'années à la facilité, la facilité du déficit budgétaire, de la dette, du déficit extérieur, de la destruction du système éducatif et hospitalier, d'emplois qui ne sont plus à la hauteur des ambitions de chacun et de tous.

Le bonheur et le succès ne sont jamais dans la facilité ; ils nécessitent l'exigence envers soi-même et envers les autres. Pour un pays comme pour chacun, le succès est dans l'effort.

Que nous dit du monde de demain la plus puissante des intelligences artificielles du moment, le marché financier ?

Les marchés financiers sont, aujourd'hui encore, la plus puissante intelligence artificielle. Loin devant toutes les autres. C'est en effet un rassemblement de tous les acteurs financiers à travers la planète, qui interagissent pour définir les valeurs relatives et futures des monnaies et des biens. Ils affichent la façon dont les humains répartissent leurs ressources financières en vue d'une valorisation maximale, en fonction des risques et de la totalité des données du passé. Il n'y a donc pas, pour le moment, de meilleure analyse de l'avenir économique et financier du monde que celle des marchés financiers. Même s'ils sont souvent erronés, même s'ils ne regardent pas le monde comme on voudrait qu'ils le regardent, même s'ils sont moutonniers, ils sont le miroir de ce que l'argent fait de nous et veut de nous. Ils sont incroyablement sophistiqués, puisqu'ils s'organisent avec des centaines d'horizons différents et des instruments financiers très complexes. Ils sont l'intelligence artificielle de l'humanité telle qu'elle est, dominée par ceux qui ont le contrôle de la finance.

Aujourd'hui, après avoir été euphoriques et avoir pensé que le monde allait bien et irait bien, sous le contrôle américain, ils commencent à s'inquiéter, pensant qu'il y a trop de dettes, que l'argent n'est pas placé aux meilleurs endroits, et que trop de pays font des bêtises. S'ils s'inquiètent de la Grande-Bretagne, de la France et de bien d'autres pays de moindre importance, ils commencent surtout à s'inquiéter de l'avenir de la puissance absolue, les États-Unis, dont ils constatent les faiblesses systémiques, le déficit budgétaire hors de contrôle, la dette abyssale et la critique incessante, par leur président, du président de la Fed, élément central du système financier mondial.

Suivre les marchés financiers, c'est non seulement s'intéresser à la plus grande intelligence artificielle d'aujourd'hui, mais aussi tout faire pour éviter que, comme les autres intelligences artificielles, elle soit un jour hors de contrôle et prenne le pouvoir.

Comment savoir à qui faire confiance ?

Savoir à qui faire confiance est une question clé : comment savoir si on peut faire confiance à un parent, à un ami, à une relation sentimentale, à un employeur, à un fournisseur, à un banquier, à un client ? Pour en décider, il faut examiner au moins deux choses importantes :

Un, la cohérence : est-ce que mon interlocuteur est cohérent dans son discours ? Ne se contredit-il pas parfois ? Très souvent ? La cohérence est la condition de la crédibilité.

Deux, les références : que puis-je savoir de celui dont je cherche à savoir s'il est digne de confiance ? A-t-il été digne de confiance dans le passé ? A-t-il des référents ? Des références ? Comment puis-je les vérifier ?

On ne peut pas accorder sa confiance à quelqu'un qui n'a pas de cohérence et de référence.

À l'inverse, il faut mériter la confiance que l'on exige de l'autre : il ne sert à rien de chercher si l'autre mérite qu'on lui fasse confiance si on ne lui inspire pas soi-même de la confiance en retour. Et comme la confiance doit être réciproque, on doit fournir à ceux dont on recherche la confiance les preuves de sa propre cohérence, et leur fournir des références.

Cela est nécessaire mais non suffisant : on peut aussi être trahi par quelqu'un qui aura passé ce double test. La confiance ne garantit pas la loyauté ; elle se mérite à chaque instant.

Ne pas négliger la fonction pédagogique majeure des jeux de construction et des maquettes

Dans mon enfance, j'adorais faire des maquettes ; pas des maquettes de bateaux ou des maquettes d'avions. Des maquettes préparées dans des boîtes, rassemblant toutes les pièces nécessaires. Pas une de trop. Des jeux de construction. J'adorais en particulier jouer au Meccano, un jeu qui existe encore et qui consiste à construire, avec des tournevis, des vis et des plaques de cuivre ou de bois, tous fournis dans une boîte, des objets simples ou d'une complexité extraordinaire. On utilisait pour cela des manuels compliqués et très bien faits. Et on craignait toujours d'avoir une pièce ou deux non utilisées à la fin. Les Lego ont repris cette tradition.

C'est un exercice exceptionnel. On y apprend à mêler des activités matérielles et conceptuelles. J'y ai aussi appris la ténacité : il n'y a rien de plus humiliant que d'abandonner une maquette en cours de construction, qui va traîner un moment sur une table et vous rappeler que vous l'avez abandonnée.

Une maquette, c'est aussi la première réalisation de ce que les humains ont dans l'esprit et qu'ils transforment en une réalité.

Depuis l'Antiquité la plus ancienne, on a construit des maquettes de bâtiments ou de bateaux ; en bois, en pierre, en métal, avant de se lancer dans la construction proprement dite de projets gigantesques. Le manuel d'une maquette nous apprend l'ambition. Sa réalisation nous apprend l'humilité.

La programmation informatique exige à peu près les mêmes qualités intellectuelles, mais ne fait pas travailler l'essentiel : les mains. Et on fait aujourd'hui des maquettes virtuelles d'une puissance infinie.

Fixez-vous une « intention » pour la semaine

Fixez-vous chaque semaine une « intention ». Une par semaine. Par exemple, cette semaine, je ferai tout avec l'intention d'être audacieux. Ce qui veut dire que je prendrai toutes mes décisions avec un peu, ou beaucoup, plus d'audace que d'habitude. Et à la fin de la semaine, je regarderai où cette audace m'a conduit.

La semaine suivante, je choisirai l'intention d'être indulgent. Cette semaine-là, je serai plus indulgent que les autres semaines avec tout le monde autour de moi, et même avec les inconnus que je pourrai croiser ; cette indulgence me conduira à prendre des décisions différentes de celles que j'aurais prises sans cette intention.

Le dernier test, c'est de fixer une intention négative, par exemple l'intention d'être égoïste : cette semaine-là, je choisirai d'être totalement égoïste, de ne penser qu'à moi, de tout faire en fonction de mon intérêt personnel et seulement mon intérêt personnel. Vous observerez d'abord que vos interlocuteurs seront surpris, ou qu'ils ne le seront pas. S'ils ne le sont pas, c'est que vous êtes naturellement égoïste. S'ils le sont, c'est que cela ne vous est pas coutumier. Vous constaterez ensuite que cette intention vous a conduit à prendre de mauvaises décisions et vous réaliserez peut-être que c'est une intention à ne jamais renouveler.

L'intention hebdomadaire est une formidable leçon de vie.

Les modèles politiques américains et chinois ne sont pas si différents qu'ils prétendent l'être

Aujourd'hui, il est de bon ton de dire que les modèles de sélection des élites politiques aux États-Unis et en Chine sont complètement différents. En réalité, ils ont un point commun très profond : ils ne sont pas fondés sur la démocratie. Aux États-Unis, les élites sont sélectionnées par les puissances des marchés, qui envoient les enfants des classes les plus favorisées dans les meilleures universités et contrôlent les partis politiques. En Chine, les élites sont choisies parmi les jeunes ayant fait allégeance au parti et ayant fait leurs preuves dans la gestion de collectivités territoriales. Ce sont donc deux mécanismes non démocratiques de sélection des élites. L'un et l'autre privilégient la continuité familiale et patrimoniale. L'un et l'autre sont fondés sur la peur d'échouer et sur la volonté dynastique. L'un et l'autre admettent des exceptions pour faire surgir des talents venus d'ailleurs. L'un et l'autre sont plutôt efficaces.

L'Europe est le seul continent où la démocratie permet, au moins en théorie, au peuple tout entier de choisir ses gouvernants indépendamment de leur fortune, de leur origine familiale, et sans allégeance à un parti unique. L'Europe, en particulier l'Europe du Nord, a montré que ce mode de sélection démocratique des élites, aussi imparfait soit-il, valait mieux que les deux autres modes, l'un ouvertement totalitaire, en Chine, et l'autre implicitement, aux États-Unis. Encore faut-il qu'il reste vraiment démocratique.

Pour progresser vers l'excellence : le conseil d'un très grand pianiste

Le grand pianiste russe Grigory Sokolov a l'habitude de dire que lorsqu'il répète, il se force à penser qu'il est en séance d'enregistrement et qu'il ne peut donc pas se permettre la moindre erreur. C'est la meilleure façon, dit-il, de progresser. Au point que, lorsqu'il joue en concert, il pense aussi qu'il est en séance d'enregistrement et que ce qu'il interprète est définitif, immuable.

C'est une exigence très importante, bien au-delà du piano, qui oblige à la précision permanente de la pensée et de l'action, qui pousse à s'éloigner des à-peu-près, à ne se permettre aucune indulgence, à ne dire que des choses auxquelles on croit vraiment, parce qu'elles sont enregistrées.

Et c'est bien ce qui se passe en réalité ; car quoi que l'on dise ou fasse, c'est enregistré, au moins dans la mémoire de ceux qui nous écoutent, et dans notre propre mémoire. Cela rejoint l'obligation d'être loyal avec soi-même et avec les autres.

Alors, pensez toujours, quoi que vous fassiez et disiez, que vous êtes enregistré ; pensez que tout ce que vous dites peut vous être opposé, non pas parce que vous êtes surveillé par d'autres, mais parce que vous l'êtes par vous-même.

Personne, pas même ceux qui les fabriquent, ne comprend vraiment comment fonctionnent les LLM. Et c'est le plus fascinant

Ce que l'on nomme aujourd'hui le « numérique » a commencé par la machine à calculer de Blaise Pascal, il y a quatre siècles. Il y a eu ensuite la machine de Babbage, puis les premiers ordinateurs dans les années 30, et tout ce qui a suivi jusqu'à aujourd'hui, sous des noms multiples et variés

(Internet des objets, *deep learning*), et maintenant celui d'« intelligence artificielle ». Celle-ci utilise les acquis antérieurs de la collecte de données et de la création de programmes et de logiciels pour prédire de nombreux événements, par la corrélation d'un maximum de données. En fait, elle se divise en deux branches :

D'une part, l'IA industrielle, qui utilise les formes les plus avancées du calcul de probabilités et de la collecte des données par des capteurs pour prédire des pannes, des fraudes ou des comportements de consommateurs, par la corrélation avec des comportements antérieurs. Sans analyse théorique ni prédictivité causale.

D'autre part, l'IA générative, qui applique au langage ces mêmes formes les plus avancées du calcul de probabilités pour répondre, en accumulant un maximum de textes dans sa mémoire, à la question simple : quel mot est le plus probable après un autre ? On l'applique alors à l'imitation de la façon de s'exprimer d'une personne par un agent conversationnel utilisant un maximum de données humaines.

Si vous voulez comprendre cette IA générative de la façon la plus simple possible, lisez un bref texte de Stephen Wolfram qui décrit la façon dont elle donne des réponses en alignant des mots probables. Il explique que ces réponses sont générées sans aucune conscience de la signification du texte. Il décrit en particulier un concept très important : la « température » du langage. Si on choisit de retenir le mot le plus probable après un autre, on dit que « la température est de 1 ». Si on choisit au contraire un mot totalement improbable, on dit que « la température est de 0 ». Plus la température est proche de 1, c'est-à-dire plus les mots se suivent d'une façon probable, plus le résultat sera un texte banal. En revanche, plus la température du texte est faible, plus on obtiendra un texte insensé ou erratique. C'est ce que l'on appelle alors une « hallucination ». Le bon équilibre, c'est de mettre la température du texte à un niveau permettant d'avoir une réponse qui ne soit ni banale ni une hallucination. La bonne température, pour les modèles simples, c'est 0,8. Personne ne sait expliquer pourquoi.

Depuis, bien d'autres sophistications sont apparues ; des milliers même tous les jours, qui permettent aux langages d'approcher de plus en plus la vérité du langage humain, utilisant un nombre presque exhaustif des textes écrits par des humains depuis les débuts de l'écriture. Au point de pouvoir maintenant faire écrire et parler un agent conversationnel avec la quasi-totalité du savoir humain et de créer un double digital de chacun de nous, en ayant analysé tous nos textes, discours, messages, donnant à croire à une sorte d'immortalité digitale : une autre hallucination.

La création est la meilleure réponse à la solitude, réalité intrinsèque de la condition humaine. Ne vous en privez pas !

Pourquoi tant de gens écrivent-ils des romans, des essais, composent-ils des chansons, peignent-ils, créent-ils des sculptures ? Sans autre perspective en général que d'être lus par eux-mêmes ou par leurs proches, d'être vus par eux-mêmes ou par leurs proches, d'être entendus par eux-mêmes ou par leurs proches.

Sans doute parce que, contrairement à ce que l'on croit et répète à l'envi, la création est un moyen de communiquer avec d'autres ; elle n'est jamais un acte solitaire. Non seulement parce qu'elle se nourrit toujours d'échanges ou d'inspirations puisés dans les relations avec d'autres personnes physiques, mais aussi et surtout parce qu'elle donne à chacun accès à un univers immatériel, peuplé d'un nombre infini de compagnons.

Un créateur est en effet entouré de milliers de partenaires avec qui il dialogue : les artistes dont il s'inspire, les gens qu'il connaît et qui le stimulent, les personnages rencontrés dans des livres, des films, des journaux, des tableaux, des œuvres musicales, des réseaux sociaux.

La création est ainsi toujours un acte collectif, un dialogue avec l'immensité d'une culture, ce que l'on peut appeler une érudition. Et chacun d'entre nous a une certaine forme d'érudition, s'il veut bien puiser au fond de lui-même. Une érudition de la vie.

L'acte créatif est une réponse à la solitude, à la terrible solitude. En même temps que la meilleure façon d'assumer librement la solitude désirée.

Ne vous en privez pas.

Toute vague technologique a été, est et sera comme un tsunami

Une vague technologique est toujours comme un tsunami. Si on ne la voit pas venir de loin, si on n'entend pas ceux qui préviennent qu'elle arrive, on est débordé. Et même si on arrive à courir vite, c'est trop tard.

Cela est arrivé à beaucoup de peuples qui ont disparu parce qu'ils n'ont pas entendu ceux qui parlaient de la vague qui arrivait. Ainsi de l'arrivée du feu, de la roue, du fer, du bronze, de l'imprimerie, de la caravelle, du charbon, du pétrole, de l'informatique et de tant d'autres révolutions technologiques.

C'est aussi ce qui se passe aujourd'hui : l'intelligence artificielle est un tsunami, que beaucoup avaient annoncé depuis au moins vingt ans. On voyait la vague se former, puis se développer. Maintenant elle est là.

Parviendra-t-on à créer les conditions pour courir assez vite, pour ne pas être submergés par elle ? Ce n'est pas certain pour tous. Cela devrait être en tout cas une leçon pour ne pas oublier non plus de surveiller les vagues suivantes, qui commencent à se former.

Après l'IA, la prochaine vague sera celle de la simulation digitale, qui va tout emporter et transformer notre monde en un univers de simulation, bien au-delà des jeux vidéo et des *virtual twins* qui commencent à exister. On en trouvera dans l'industrie, les services, le commerce, le divertissement, l'art et les relations interpersonnelles. Avec des hologrammes que l'on pourra même un jour toucher.

Puis viendra la vague du biomimétisme qui, dans la prolongation de l'artificialisation des rapports avec le vivant, créera la possibilité, en s'inspirant de la nature, d'avoir des artefacts imitant plus précisément encore toute la nature.

Enfin, si l'humanité ne s'est pas détruite avant, la génétique digitale permettra, en utilisant à la fois le biomimétisme, l'intelligence artificielle et la simulation, de créer des chimères qui nous menaceront, nous retrouveront, nous serviront, nous sauveront, ou nous détruiront.

On ne pourra pas dire que l'on n'avait pas été prévenus.

Qu'est-ce qui se cache derrière l'explosion du cours des bitcoins ?

L'explosion erratique du cours des différents bitcoins nous dit que le rôle des États va être de plus en plus remis en cause par d'autres pouvoirs.

Il est tout à fait logique que, à partir du moment où les États sont de moins en moins crédibles, et où la globalisation donne de plus en plus de pouvoir aux marchés, apparaissent de nouveaux instruments d'échanges et de nouvelles monnaies qui ne s'appuient plus sur la confiance faite aux États, donc plus sur leurs banques centrales : des monnaies de marché.

Ces monnaies, de toutes natures, arrivent exactement au moment où elles devaient arriver. Elles bénéficient de l'expérience des premiers instruments d'échanges non étatiques, comme les miles, liés aux premières formes de mondialisation, aériennes, à usage de plus en plus large.

Les bitcoins, eux, sont des instruments d'échanges numériques totalement abstraits et spéculatifs, sauf les stablecoins qui ne sont pas des instruments de spéculation mais d'échange en monnaie convertible en tout lieu ; ils donnent corps à l'idée que l'on peut contourner les États et leurs monnaies, promouvant un anarcho-capitalisme qui fait les affaires des nouveaux puissants comme des plus pauvres, qui s'y glissent et contournent, par le bas, les systèmes hiérarchiques et peuvent faire aisément des transferts ou en recevoir de tout point du monde.

D'où l'urgence, pour les banques centrales, et en particulier pour la BCE, si elles veulent survivre, de se doter de monnaies numériques souveraines.

Tout le monde devrait pouvoir avoir un métier donnant envie de travailler le plus longtemps possible

Ce que je souhaite à chacun d'entre nous, c'est d'avoir un métier, ou au moins une activité, tellement passionnant que l'on conserve le désir de l'exercer jusqu'à quatre-vingts ans et plus.

C'est le cas en général pour ceux qui ont une activité créative ou d'intérêt général. Elle donne aussi l'envie de vivre en pleine forme le plus longtemps possible pour pouvoir continuer à l'exercer.

Je rêve d'une société où personne ne voudrait partir à la retraite parce que le travail de chacun serait passionnant et valorisant.

Et pourtant, dans certains pays, en particulier la France, on est licencié d'un emploi occupé depuis longtemps autour de cinquante ans sans pouvoir en retrouver un autre. Soit parce que l'entreprise ne veut pas garder des salariés de plus de cinquante ans ; soit parce que le salarié est usé par la pénibilité de son poste. C'est un cercle vicieux car, sans activité, on est plus vulnérable à de nombreuses maladies.

Ce départ accéléré en préretraite entraîne trois problèmes : le premier, c'est que le pouvoir d'achat des gens concernés diminue. Le deuxième, c'est que la quantité de travail socialement disponible diminue. Le troisième, c'est que cela augmente les dépenses liées au sous-emploi des seniors.

Conserver le plus longtemps possible son travail, s'il est valorisant, a deux avantages : les travailleurs y trouvent un intérêt parce que cela donne un sens complémentaire à leur vie, et la société y trouve un intérêt parce qu'elle s'enrichit et peut partager ces richesses avec tous.

Chaque pays a donc intérêt à ce que les femmes et les hommes de plus de cinquante ans restent employables et soient employés jusqu'à l'âge légal de la retraite, et même au-delà, à des travaux valorisants et utiles.

Savez-vous quel est le point commun entre les placements de produits, les films de super-héros et *Danse avec les stars* ?

Un écrivain américain, trop oublié, avait prévu il y a quarante ans l'apparition de ces trois phénomènes, apparemment sans relation les uns avec les autres. Et de beaucoup d'autres choses bien plus importantes, façonnant nos sociétés. Cet écrivain, journaliste et sociologue à peu près inconnu, George W. S. Trow, expliquait dans un essai intitulé *In the Context of No Context* – « Dans le contexte de l'absence de contexte » – que bientôt, les médias présenteraient les informations sans plus aucune hiérarchisation de valeur ou d'importance. Il avait aussi compris, bien avant presque tout le monde, le poids qu'allaient prendre les médias audiovisuels de masse dans la communication et qu'ils placeraient, dans les journaux télévisés et écrits, des informations anecdotiques au même niveau que d'autres très importantes.

Pour lui, cela renvoyait au fait que la société américaine, en s'éloignant de son passé, retournerait en enfance, n'aurait plus de repère, de système de valeurs, et ne saurait plus hiérarchiser l'importance relative des faits. Elle aurait comme nouveaux héros des personnages de bande dessinée et de magazines ; elle mettrait sur le même plan des émissions de téléréalité, des informations graves et des produits commerciaux glissés dans des reportages ou des films.

C'est bien ce qui s'est produit dans les médias traditionnels, et bien plus encore sur les réseaux sociaux. L'Amérique, et une large partie du reste du monde, est devenue une société enfantine, où les médias ne parlent plus aux adolescents et aux adultes que comme à des enfants.

Quand, dans une société, on observe un tel nivellement des valeurs, une telle absence de hiérarchie des priorités, la dictature et la barbarie sont au coin de la rue.

Vivre en dictature implicite

Qui aurait cru que le 26 février 2025, on verrait le patron et propriétaire du plus grand journal démocrate américain expliquer qu'il ne publierait plus que des opinions et des éditoriaux favorables à la liberté de l'économie et à la liberté de parole absolue, et qu'il ne ferait plus, dans ces pages, aucun contrôle des fausses nouvelles et des diffamations. Qui aurait cru que Jeff Bezos imposerait cela à son journal, le *Washington Post*, entraînant, et c'est son honneur, la démission du directeur des pages éditoriales. Ceci devrait être un coup de semonce pour ceux qui n'ont pas encore compris l'évidence.

Les États-Unis sont en train de devenir une dictature au nom d'une soi-disant liberté économique qui ne profite en fait qu'aux plus riches, et d'une soi-disant liberté de parole qui ne profite en fait qu'à ceux qui ont les moyens de parler.

Cette double liberté, c'est la double dictature : les États-Unis vont peut-être démontrer ce théorème. Et la dictature politique finira par réduire à néant la liberté de parole. Cela est déjà vrai dans la moitié des pays du monde, où vivent les deux tiers de l'humanité. L'Europe reste et devrait rester le bastion de la vraie liberté : la liberté protégée, la liberté garantie, la liberté sécurisée par les moyens du droit.

Le jour ultime

J'ai lu récemment une phrase qui m'a marqué : « Chaque année dans sa vie, un certain jour, sans le savoir, on célèbre l'anniversaire de sa propre mort. » Et on ne cesse de le célébrer qu'en mourant.

De fait, on ne fête les anniversaires de naissance que depuis très récemment ; seulement là où existent, et depuis qu'ils existent, des registres de naissance ; et seulement dans les sociétés devenues individualistes, où chacun impose à ses proches sa propre heure de gloire imméritée, attirant l'attention sur lui pour un événement dont il n'est qu'un protagoniste involontaire.

En revanche, plus sagement, on a célébré pendant très longtemps les anniversaires de la mort de ses proches. Parce qu'on connaissait ces dates et que ces anniversaires marquaient une occasion de se souvenir d'un disparu. Qui connaît encore aujourd'hui le jour exact, sinon l'année, de la mort d'un proche ? Et si on se souvient de quelque chose, c'est de celui de leur naissance, pour imaginer l'âge qu'il ou elle aurait aujourd'hui.

On ne devrait célébrer ni l'anniversaire de la naissance, ni celui de la mort. Nul n'est pour rien dans ces événements. Nul ne s'y réduit. On devrait au contraire célébrer chaque jour le souvenir de ceux qui nous manquent ; et le fait d'être vivant.

Il ne faut jamais désespérer

Il ne faut jamais désespérer. Ni dans la vie privée ni en géopolitique. Par exemple, en géopolitique : les Européens désespèrent de l'Union européenne parce qu'ils la perçoivent comme impuissante face aux États-Unis qui écrasent tout, à la Russie qui veut dicter sa loi, à la Chine qui se prépare à envahir le reste de l'Asie et l'Europe. Ils ne voient pas d'autre avenir au Vieux Continent que le déclin et la vassalisation.

Il faut savoir raison garder : la puissance économique de l'Union européenne est dix fois supérieure à celle de la Russie ; la Chine est pétrie de contradictions internes qui ne peuvent qu'exploser ; les États-Unis sont au bord de la faillite. Tout cela n'est pas nécessairement une mauvaise nouvelle pour les Européens.

En prenant conscience qu'ils disposent de richesses considérables, nécessaires au développement durable de la planète, qu'ils attirent bien des gens qui ne se reconnaissent plus dans les États-Unis d'aujourd'hui, qu'ils ont encore le plus haut niveau de vie de l'humanité, ils peuvent redevenir le lieu d'un rayonnement.

Plus encore : l'Union européenne peut devenir la première puissance industrielle économique du monde, en pariant sur d'autres terrains que ceux des énergies fossiles et de l'alimentation ultratransformée. C'est le moment pour elle de se donner les moyens de devenir l'avant-garde d'un développement juste, de l'économie de la vie et de la démocratie.

Ceci est vrai aussi pour chacun d'entre nous et c'est ce que j'ai essayé de transmettre ici : il ne faut jamais céder à l'autodénigrement. Il ne faut jamais désespérer.

Du même auteur *(suite)*

Une brève histoire de l'avenir, Fayard, 2006, 2009, 2015 ; Le Livre de poche, 2010, 2011.

Essais ***(suite)***

L'Avenir du travail, avec P. Cahuc, F. Chérèque et J.-C. Javillier, Fayard, 2007.

La Crise, et après ?, Fayard, 2008 ; Le Livre de poche, 2009.

Le Sens des choses, avec Stéphanie Bonvicini et 32 auteurs, Robert Laffont, 2009 ; Le Livre de poche, 2010.

Survivre aux crises, Fayard, 2009 ; rééd. sous le titre *Sept Leçons de vie*, Le Livre de poche, 2010.

Tous ruinés dans dix ans ?, Fayard, 2010 ; Le Livre de poche, 2011.

Demain, qui gouvernera le monde ?, Fayard, 2011 ; Pluriel, 2012.

Candidats, répondez ! Précis à l'usage des électeurs, Fayard, 2012.

La Consolation, avec Stéphanie Bonvicini et 18 auteurs, Naïve, 2012.

Avec nous, après nous... Apprivoiser l'avenir, avec Shimon Peres, Fayard-Baker Street, 2013.

Histoire de la modernité. Comment l'humanité pense son avenir, Robert Laffont, 2013 ; Flammarion, 2015.

Urgences françaises, Fayard, 2013 ; « Pluriel », 2014.

Devenir soi, Fayard, 2014 ; « Pluriel », 2018.

Peut-on prévoir l'avenir ?, Fayard, 2015 ; « Pluriel », 2016.

Cent jours pour que la France réussisse, Fayard, 2016.

Le Destin de l'Occident (avec Pierre-Henry Salfati), Fayard, 2016.

Vivement après-demain !, Fayard, 2016 ; « Pluriel », 2017.

Histoires de la mer, Fayard, 2017 ; « Pluriel », 2018.

Comment nous protéger des prochaines crises, Fayard, 2018.
Les Chemins de l'essentiel, Fayard, 2018 ; « Pluriel », 2019.
Histoires de l'alimentation, Fayard, 2019 ; « Pluriel », 2021.
L'Année des dupes. Alger, 1943, Fayard, 2019 ; « Pluriel », 2021.
L'Économie de la vie, Fayard, 2020 ; « Pluriel », 2022.
Histoires des médias : des signaux de fumée aux réseaux sociaux, et après, Fayard, 2021 ; « Champs », Flammarion, 2023.
Il y aura d'autres jolis mois de mai, Fayard, 2021.
Histoires et avenirs de l'éducation, Flammarion, 2022.
Le Monde, modes d'emploi, Flammarion, 2023 ; « Champs », 2024.
Histoires et avenirs de la consolation, « Champs », Flammarion, 2024.
L'unique et le multiple (avec Pierre-Henry Salfati), Flammarion, 2024.
Histoires et avenirs des villes, Flammarion, 2024.
Philosophie de la gratitude, Autrement, 2025.

Dictionnaires

Dictionnaire du XXIe siècle, Fayard, 1998 ; Le Livre de poche, 2000.
Dictionnaire amoureux du judaïsme, Plon/Fayard, 2009 ; rééd. sous le titre *Petit Dictionnaire amoureux du judaïsme*, Pocket, 2014.

Romans

La Vie éternelle, Fayard, 1989 ; Le Livre de poche, 1990.
Le Premier Jour après moi, Fayard, 1990 ; Le Livre de poche, 2004.
Il viendra, Fayard, 1994 ; Le Livre de poche, 1995.
Au-delà de nulle part, Fayard, 1997 ; Le Livre de poche, 1999.
La Femme du menteur, Fayard, 1999 ; Le Livre de poche, 2001.

Nouv'Elles, Fayard, 2002 ; Le Livre de poche, 2004.
La Confrérie des Éveillés, Fayard, 2004 ; Le Livre de poche, 2006.
Notre vie, disent-ils, Fayard, 2014 ; Le Livre de poche, 2016.
Premier Arrêt après la mort, Fayard, 2017 ; Le Livre de poche, 2018.
Meurtres, en toute intelligence, Fayard, 2018 ; Le Livre de poche, 2019.
Le Livre de Raison, Fayard, 2022.
Bienheureux soit notre monde, Flammarion, 2023.

Biographies

Un Homme d'influence : Sir Siegmund Warburg, 1902-1982, Fayard, 1985, 1992 ; Le Livre de poche, 1986.
Blaise Pascal ou le Génie français, Fayard, 2000 ; Le Livre de poche, 2002.
Karl Marx ou l'Esprit du monde, Fayard, 2005 ; Le Livre de poche, 2007, 2018.
Gândhî ou l'Éveil des humiliés, Fayard, 2007, 2012 ; Le Livre de poche, 2009.
Phares. 24 destins, Fayard, 2010 ; Le Livre de poche, 2012.
Les Penseurs du monde : Pascal, Marx, Gândhî, Robert Laffont, « Bouquins », 2012.
Diderot ou le Bonheur de penser, Fayard, 2012 ; « Pluriel », 2013.

Théâtre

Les Portes du Ciel, Fayard, 1999.
Du cristal à la fumée, Fayard, 2008.
Théâtre (réunissant *Les Portes du Ciel* et *Du Cristal à la fumée*, ainsi que *Il m'a demandé de l'attendre ici* et *Présents parallèles*), Fayard, 2016.

Conte pour enfants

Manuel, l'enfant-rêve (ill. par Philippe Druillet), Stock, 1994.

Mémoires

Verbatim I, Fayard, 1993 ; Le Livre de poche, 1995 ; Robert Laffont, 2011.

Europe(s), Fayard, 1994 ; Le Livre de poche, 2002.

Verbatim II, Fayard, 1995 ; Le Livre de poche, 1997 ; Robert Laffont, 2011.

Verbatim III, Fayard, 1995 ; Le Livre de poche, 1998 ; Robert Laffont, 2011.

C'était François Mitterrand, Fayard, 2005 ; Le Livre de poche, 2007 ; rééd. sous le titre *Mitterrand*, Fayard-Le Nouvel Observateur, 2012 ; « Pluriel », 2016.

L'Intégrale des chroniques, vol. 1, L'Express éditions, 2011.

À tort et à raison. Entretiens avec Frédéric Taddeï, Éditions de L'Observatoire, 2020.

Rapports

Pour un modèle européen d'enseignement supérieur, Stock, 1998.

L'Avenir du travail, Fayard-Institut Manpower, 2007.

300 décisions pour changer la France, rapport de la Commission pour la libération de la croissance française, XO-La Documentation française, 2008.

Paris et la Mer. La Seine est Capitale, Fayard, 2010.

Une ambition pour 10 ans, rapport de la Commission pour la libération de la croissance française, XO-La Documentation française, 2010.

Pour une économie positive, groupe de réflexion présidé par Jacques Attali, Fayard-La Documentation française, 2013.

Francophonie et Francophilie, moteurs de croissance durable, rapport à François Hollande, président de la République française, La Documentation française, 2014.

Vers une révolution positive, groupe de réflexion présidé par Jacques Attali, Fayard, 2018.

Faire réussir la France, 30 réformes majeures et 250 actions urgentes, Fayard, 2021.

Beaux livres

Mémoire de sabliers. Collections, mode d'emploi, Éditions de l'Amateur, 1997.

Amours. Histoires des relations entre les hommes et les femmes (avec Stéphanie Bonvicini), Fayard, 2007 ; Le Livre de poche, 2010.

Cet ouvrage a été mis en pages par

<pixellence>

Les Éditions Flammarion sont investies dans une démarche active pour l'empreinte environnementale de leurs parutions. Ainsi, le livre que vous tenez entre vos mains a été imprimé en France sur des papiers issus de forêts gérées durablement, par un imprimeur engagé dans la protection de l'environnement.

Imprimé en France par CPI en août 2025

Dépôt légal : septembre 2025
N° d'édition : 661203-0
N° d'impression : 184841